이별의 정표로
남겨 둔 의복

이별의 정표로 남겨 둔 의복

-한유와 태전의 교유를 소재로 한 우리 한시-

김동욱 엮어 옮김

이회

머리글

이 책은 문사(文士)와 승려(僧侶) 사이의 교유(交遊)에 관한 시, 그 가운데서도 당나라의 저명한 문인인 한유(韓愈, 768-824)와 태전(太顚)의 「유의(留衣)고사」를 염두에 두고 지은 우리 한시의 세계를 살펴보기 위해 편역하였다. 그 이전에도 도연명(陶淵明)과 혜원(慧遠)의 백련사(白蓮社)를 통한 교유 등이 있었으나, 「유의고사」만큼 널리 시작(詩作)에 쓰이지는 못한 듯하다.

한유는 원화(元和) 10년(815)에 〈논불골표(論佛骨表)〉를 지어 헌종(憲宗)의 노여움을 사서 조주자사(潮州刺史)로 좌천되었는데, 그 한 대목을 보면 다음과 같다.

> 지금 듣자니 폐하께서 뭇 승려들에게 명하여 봉상(鳳翔)으로 가 부처의 사리를 맞이해 오게 한 다음, 누대 위에 올라 친히 관람하시고 궁 안으로 실어 왔다고 합니다. 또 여러 절에 명하여 번갈아가며 공양하도록 하셨다 합니다. 신은 비록 지극히 우매하오나, 폐하께서 불교에 미혹되어 그렇게 하신 것이 아니라 복을 빌기 위해 그처럼 우러러 떠받드셨다는 것을 잘 알고 있습니다. 또한 풍년이 들어 사람들이 즐거워하고 있으니, 그저 인심에 맞춰주기 위해 도성에 사는 백성들에게 기이한 경관과

놀이거리를 마련해주신 것임을 잘 알고 있습니다. 이토록 성명하신 폐하께서 그런 것을 신봉하실 리가 있겠습니까? 그러나 무지몽매한 백성들은 쉽게 현혹되어 사실을 깨닫기 어려운 법이니, … 필시 팔을 잘라내고 살점을 도려내 공양하려는 자가 나올 것입니다. 이처럼 풍속을 상하게 하는 일이 사방에 퍼져 웃음거리가 될 터이니, 이는 하찮은 일이 아닙니다.

조주에 부임하여 태전과 교유하게 된 경위는 그가 원주(袁州)로 옮겨 간 뒤 맹간(孟簡, ?-823)에게 써 보낸 편지에 자세하다.

보내오신 편지에 적으셨더군요. 어떤 이가 말하기를, "한유가 근자에 불교를 조금씩 믿기 시작했다."고 하더라고. 이는 말을 전한 자가 망령된 말을 한 것입니다. 조주에 있을 때에 태전이라는 노승 한 분이 계셨는데, 자못 총명하고 도리를 알았습니다. 먼 곳이어서 함께 대화를 할 상대가 없는지라 산에 있는 그를 고을로 불러 10여 일을 머물게 하였습니다. … 그와 더불어 이야기를 하다 보면 비록 다 이해할 수는 없었으나 가슴속에서 요점이 막히지 않고 나왔습니다. 그래서 얻기 드문 일이라고 생각하여 왕래하게 되었습니다. 바닷가에 제사를 지내러 갔다가 그의 거처를 찾아가기도 하였습니다. 이곳 원주로 떠나오게 되어 의복을 남겨주고 이별하였는데, 그것은 사람 사이의 정 때문이지 그의 불법을 받들어 믿거나 복과 이익을 얻기 위해서는 아니었습니다.

이러한 옛일이 이 땅에 전해져 수많은 문인들의 시에 용사(用事)되었다. 이 땅에서 유불(儒佛)의 관계는, 삼국시대를 거쳐 고려 때까지는 비교적 우호적이었으나 고려 말에 주자학이 도입되면서부터는 백문보(白文寶)나 정도전(鄭道傳) 같은 배불론자들이 나타나기 시작하였고, 유교 국가를 천명한 조선왕조에서는 표면상 배불을 원칙으로 삼았었다. 그러나 조선왕조 때에도 배불론자만이 있었던 것은 아니었다는 사실을 이 책에 실린 시들을 국역하면서 확인하게 되었다. 여기에 국역한 시 작품들을 통해서 우리 중세 후기의 문화사 혹은 사상사의 한 단면을 읽어낼 수 있게 된다면 역자로서는 보람된 작업이었다고 아니할 수가 없다.

끝으로, 열악한 출판 환경 속에서도 묵묵히 우리 고전과 관련된 저술과 국역에 응원을 아끼지 않으시는 김홍국 사장님을 비롯한 편집진 여러분께 머리 숙여 사의를 표한다.

계사년 11월 옮긴이 씀.

일러두기

1. 이 번역시의 대본은 한국고전번역원 간, ≪한국문집총간≫이다.

2. 국역은 직역을 원칙으로 하되, 시의 특성상 직역으로 맛이 살지 않는 곳은 의역하였다.

3. 번역시의 수록 순서는 작자의 활동 시기가 이른 작품을 앞에 두었다.

4. 원문에는 대체로 별도의 제목이 있으나 국역시에는 시의 내용을 고려하여 적절히 다시 붙였다.

5. 국역시 가운데 설명이 필요한 곳에 주석을 붙였다.

차례

담 너머 스님을 부르다

이곡*

관사와 승방은 겨우 벽 하나 사이인데,
섬돌 옆에 핀 꽃, 창가의 대나무가 다 함께 떨기져 있네.
누대에 오를 짝이 없어 그냥 불렀을 뿐,
태전 스님처럼 도풍이 있어서가 아니라네.

隔墻呼僧

官舍僧房纔隔壁 砌花窓竹共成叢
上樓無偶聊相喚 非爲顚師有道風

-《稼亭集》 권20.

---

* 李穀, 1298-1351.

환암* 장로를 보내며 나주판관에게

이집**

환암 장로는 일찍이 속세의 일이나 욕심을 잊었는데,
어찌 이제 와서 주지 노릇할 생각이 있겠는가.
선생께 부탁드리나니 부디 공경하여 대해주시기를,
한유도 일찍이 태전 스님을 받아들였다오.

送幻菴寄羅州判官

幻菴長老早忘機 豈意如今作住持
寄語先生敬相待 退之曾許太顚師

-《遁村雜詠》

---

* 환암(幻菴)은 고려 후기 승려의 법호로, 이름은 혼수(混脩, 1320-1392), 자는 무작(無作)이다. 속성은 풍양조씨(豊壤趙氏)로, 고려 말 조선 초의 명신인 조운흘(趙云仡)의 숙부다. 헌부산랑(憲部散郞)을 지낸 아버지 숙령(叔鴒)과 어머니 청주경씨(淸州慶氏) 사이에서 둘째 아들로 태어났다.

** 李集, 1327-1387.

각지 스님에게

원천석*

스님과 선비의 교유는 예로부터 깊었으니,
한가하신 틈 타 잠시 찾아와주셨으면 합니다.
지둔[1]과 허순[2]은 마음이 잘 맞았고,
태전과 한유도 서로 마음이 통하였지요.
말씀하신 이 한 편을 경계로 삼을 만하니,
천년에 끼친 유풍을 다시 찾아볼 수 있겠네요.
선사의 간곡한 정을 두루두루 고마워하며,
삼가 이 시를 지어 소식을 전합니다.

---

* 元天錫, 1330-?

1) 중국 동진(東晋)의 승려로, 자는 도림(道林)이다. 314-366. 당시의 명사인 허순(許詢)이 산수에서 놀기를 좋아해서 여러 번 지둔을 찾아와 두 사람이 깊이 사귀었다.

2) 중국 동진의 고양(高陽) 사람으로, 자는 현도(玄度)이고, 회계(會稽)에서 살았다. 어려서 총명하여 신동 소리를 들었고, 자라면서 문학적 재능을 보여 문장을 잘 지었다. 도가사상을 좋아하였고, 청담(淸談)에도 뛰어났다. 산수를 즐겨 찾았으며, 현언시(玄言詩)를 지어 손작(孫綽)과 이름을 나란히 했다. 처음에 사도연(司徒掾)이라는 벼슬로 부름을 받았지만 나가지 않고, 영흥(永興) 서산(西山)에 은거하면서 사안(謝安), 지둔(支遁) 등과 어울리다가 일찍 죽었다.

次山人角之詩韻 제4수

釋儒交契古來深 須要乘閑肯暫臨
支遁許詢能合意 太顚韓愈亦傳心
一篇所說堪爲誡 千載遺風可復尋
多感禪翁情懇款 敬將詩律以傳音

-《耘谷行錄》 권4.

산으로 돌아가는 각빈 상인을 전송하며

이숭인*

각빈이라 부르는 공덕산1)의 승려가
산중의 멋진 일을 침 튀기며 얘기하기를,
한 칸의 절간이 본디 세속과는 무관하지만,
네 분의 여래는 가장 영험이 있으시다네.
지금은 섬돌에 작약이 비단처럼 환하겠지만,
예전엔 정련2)이 수레바퀴보다도 더 컸으며,
자기가 거처하는 묘적암은 더욱 맑고 빼어난데,
방장3)에는 향등 아래 보제존자4)의 초상화가 있다네요.

---

* 李崇仁, 1347-1392.

1) 이색(李穡)의 ≪목은문고(牧隱文藁)≫제3권 〈윤필암기(潤筆菴記)〉에 따르면, 공덕산(功德山)의 본디 이름은 사불산(四佛山)으로, 서역의 지공 화상(指空和尙)이 붙인 이름이라고 한다. 그곳의 큰 바위에 모두 넉 자 남짓한 크기의 여래상(如來像) 네 개를 사방에 새겨놓은 까닭에, 복을 구하려는 자들이 떼를 지어 몰려왔으므로 공덕산이라는 이름이 붙여졌다고 한다. 그리고 그 산속에 있는 묘적암(妙寂菴)은 보제(普濟)의 존호를 하사받은 선승 나옹 혜근(懶翁惠勤)이 출가하였던 곳으로, 나옹이 입적한 뒤에 그의 진영(眞影)을 걸어놓고 예배를 드린 곳이다.

2) 정련(井蓮)은 옥정련(玉井蓮)의 준말로, 산 위의 못에 핀 연꽃을 말한다. 한유의 시 〈고의(古意)〉에 "태화봉 꼭대기 옥정의 연은, 꽃 피면 키가 열 길에 연잎이 배 같다네. [太華峯頭玉井蓮 開花十丈藕如船]"라 하였다.

수많은 산과 강에 구불구불 더딘 길을,
그림자 벗 삼아 표연히 홀로 돌아가네.
도를 찾아 동원[5]의 화두로 열심히 참선하고,
타포[6]엔 성당[7]의 시편들이 가득 담겨 있네.
깊은 숲에 쌓인 눈은 봄에도 여전히 남아 있고,

---

3) 가로와 세로가 사람의 한 길 길이가 되는 작은 방이라는 뜻으로, 절의 주지(住持)나 고승이 거처하는 방 또는 그 승려를 가리킨다.

4) 고려말의 승려인 혜근(惠勤, 1320-1376)을 가리킨다. 법호는 나옹(懶翁)이다. 20세에 문경 사불산(공덕산) 묘적암(妙寂庵)의 요연(了然)에게 출가하고, 여러 산을 편력하다가 양주 회암사(檜巖寺)에서 수행하여 4년째 되던 해 깨달았다. 1347년에 원(元)나라에 가서 연경(燕京) 법원사(法源寺)에서 지공(指空)을 만나고, 절강성(浙江省) 항주(杭州) 정자사(淨慈寺)에 가서 평산 처림(平山處林, 1279-1361)의 법을 이어받았다. 순제(順帝)의 청으로 연경 광제사(廣濟寺)에 머물면서 설법하고, 1358년에 귀국하였다. 오대산 상두암(象頭庵)·고운암(孤雲庵), 해주 신광사(神光寺), 개성 광명사(廣明寺), 회암사 등에 머물고, 1371년(공민왕 18)에 왕사(王師)가 되어 왕으로부터 보제존자(普濟尊者)라는 호를 받았다. 조계산 송광사(松廣寺)에 주지로 머물고, 다시 회암사에 머물다가 왕명으로 밀양 영원사(瑩源寺)로 가는 도중에 여주 신륵사(神勒寺)에서 입적하였다. 시호는 선각(禪覺)이다.

5) 사찰의 법당 동쪽에 있는 건물이라는 뜻으로, 여기서는 조사당(祖師堂)을 말한다.

6) 타포(打包)와 같은 말로, 행각승(行脚僧)이 등에 지고 다니는 주머니 모양의 바랑을 뜻한다.

7) 중국 당나라 시대의 문학사는 일반적으로 초당(初唐)·성당(盛唐)·중당(中唐)·만당(晩唐)의 네 시기로 구분한다. 그 가운데 '성당'시기는 현종 개원(開元) 7년(713)으로부터 숙종 보응(寶應) 말년(末年, 762)에 이르는 기간으로 당시(唐詩)의 전성기였다. 이백(李白)·맹호연(孟浩然)·왕유(王維)·잠삼(岑參)·두보(杜甫) 등이 성당의 대표적인 시인이었다.

옛 거처의 남은 구름이 저녁에는 더 희미해지네.
바닷가에서 옷을 남겨준 일[8]을 전에 한 번 웃고 말았는데,
지금 나는 그대에게 거꾸로 근사의 시구[9]를 선물하노라.

送賛上人還山

功德山僧號覺賛 山中勝事說生津
一間蘭若元非世 四箇如來最是神
階藥卽今明似錦 井蓮當日大於輪
吾菴妙寂尤淸絶 方丈香燈普濟眞

千山萬水路逶遲 携影飄然獨自歸
訪道飽參東院話 打袍贏得盛唐詩
深林積雪春猶在 舊隱殘雲晩更微
海上留衣曾一笑 如今贈爾却勤斯

-《陶隱集》 권2.

---

8) 당나라 때 한유가 조주 자사(潮州刺史)로 좌천되어 친하게 지냈던 승려 태전(太顚)과 작별하면서 자신의 옷을 남겨주었던 일을 가리킨다.

9) 환속하여 가정을 이루고 자식을 낳아 기르는 유가의 도를 권하고 싶다는 말이다. 《시경》빈풍 〈치효(鴟鴞)〉시에 "사랑을 주며 부지런히 자식들을 키우느라 노심초사하였네. [恩斯勤斯 鬻子之閔斯]"라는 구절이 있다.

운암* 성민 선사에게

권근**

속세에선 물외에 노닐기 어려워,
멀리 선탑을 바라보려 몇 번이나 고개를 돌렸네.
골짜기 가득한 솔바람 속에,
서로 만나 흉금 터놓고 잠시 머물렀으면.

일찍이 바닷가에 귀양 가 노닐 때,
성민 스님을 절에서 처음 보았네.
그때는 의복 시주 못하고 말았으나,
후일엔 소매 잡고 만류하자 기약했네.

자주(自註) : 옛날 내가 익주(益州) 미륵사(彌勒寺)에 귀양 가 있을 때 민공(敏公)이 와서 처음 서로 알게 되었다.

---

* 운암(雲岩)은 법호며, 법명을 성민(省敏)이라고 한 고려말-조선초의 승려로, 공양왕 때의 선사인 찬영(粲英)의 문인이다.

** 權近, 1352-1409.

次雲岩禪老詩韵 省敏

塵土難成物外遊 遙思禪榻幾回頭
何當滿壑松風裏 相對披襟爲小留

謫裏曾從海上遊 雲蹤初見寺樓頭
當時不得施衣別 他日唯期挽袖留

-《陽村集》 권9.

自註：昔予謫在益州彌勒寺 敏公來訪 始與相識.

부채를 주신 스님께 감사하며

윤상*

남방의 늦여름 날씨는 불같은데,
바둑 두는 방에 비 새어 더욱 찌는 듯 후덥지근하네.
두텁게 언 얼음이나 싸락눈은 얻을 수 없으니,
하릴없이 흰 구름 멀리 날아오르는 것만 부러워하네.
때때로 문 두드리는 소리에 놀라 낮잠을 깨니,
동방에서 스님이 오셨다고 아이가 알리네.
흐트러진 머리 거머쥐고 옷도 거꾸로 걸친 채 뜰에 내려 맞으니,
마주 잡은 손에 정성이 넘쳐나네.
고상한 이야기 도중에 선물 한 가지 내놓는데,
희고 둥근 부채에 보름달이 환하네.
세세한 비단 문양에 물결이 다투고,
가늘고 긴 옥 자루는 수정을 갈아 놓은 듯.
이지러진 달이 걸린 높은 봉우리는 갈석산[1]이 아닌데,

---

* 尹祥, 1373–1455.

1) 중국 하북성 산해관 근방의 산으로 만리장성이 시작되는 곳이다. 남쪽의 소상강(瀟湘江)과 대비하여 남북으로 떨어져 있는 것의 비유로 쓰인다.

돛을 올린 어선이 떠 있으니 바로 동정호로구나.
기러기 떼는 끼룩끼룩 어디로 날아가는가,
귓가에 마치 가을바람 소리가 들리는 듯하구나.
스님, 스님! 다만 정이 있을 뿐,
은공을 따지자면 어찌 백붕을 내려줌뿐이리오.
그대 보지 못했는가, 당나라 한퇴지가 태전 스님과 종유한 일을,
지금까지 천년토록 전하여도 아무 흠잡을 데 없네.
본래의 마음을 잘 붙잡아 스스로 잃지 않으면,
선비와 스님이 사귄들 그 어떠하랴.
나도 틈내 스님 계시는 바위굴 문을 두드려,
등나무 덩굴 사이로 내비친 달이 솔가지에 걸린 모양 다시 보리라.

謝僧惠扇

南方六月天如火　棋棲屋漏尤煩蒸
層氷浙瀝不可得　空羡白雲長飛騰
時有叩門驚午眠　奴兒報說東方僧
握髮倒衣下庭迎　手中有携心有誠
淸語未半惠一物　圓潔皓皓蟾輪明
綾文細細波濤爭　玉柄纖纖磨水精

缺月高岑非碣石 風帆漁艇是洞庭
旅雁嗷嗷向何許 耳邊恰似聞秋聲
僧兮僧兮儘有情 論功奚啻錫百朋
君不見有唐韓夫子嘗與太顚一相從 至今千載傳無瑕
操得本心不自失 儒與釋交其乃何
我亦偸閑扣巖扉 更看蘿月係松枝

-≪別洞集≫ 권1.

스스로 읊다

유방선*

선방에 자취 감춘 지 반년이 돼 가니,
지나간 젊은 시절이 이미 아득하구나.
주변 사람들은 한가한 틈 내는 뜻을 알지 못해,
한유가 태전 스님 만나 기뻐한 일에 잘못 견주누나.

自詠

晦跡禪房欲半年 青春往事已茫然
傍人不識偸閒意 錯比昌黎悅太顚

-《泰齋集》 권2.

---

* 柳方善, 1388-1443.

학추 상인에게

최항*

높은 산은 오색구름 남쪽으로 우러러 볼 수 있고,
온갖 경치는 눈길 한 번에 즐거움을 다투어 주네.
이 세상 만물과 노닐다가 몇 번이나 나를 잃었던가,
스님은 나를 일으켜 주신 데다 한유 태전의 일화도 만들어 주셨네.

贈學追上人 제1수

高山可仰五雲南 萬景爭供一眄酣
造物與遊幾喪我 起予還有太顚譚

-《太虛亭集》 권1.

---

* 崔恒, 1409-1474.

학조 상인*의 시집에 부쳐

김수온**

젊은 시절 힘써 배우며 시서를 추구하였고,
기름불에 햇빛 이어가며 늘 쉼 없이 노력했었네.
괴이한 것 들추고 기이한 것 찾느라 틈 낼 새가 없었으니,
삼분오전[1] 수많은 책들이 배 속에 빼곡히 들어찼네.
빼어난 재기를 머금고 글재주를 떨쳐 나오면 글이 되니,
조정에서 석책[2]하는데 자주 장원을 했네.
요즘 불가에는 이름 난 이들이 많은데,
미공 존자[3]도 학열[4] 스님을 따랐네.

---

* 조선조 세조 때의 승려. 호는 등곡(燈谷)·황악산인(黃岳山人). 세조 때 여러 고승들과 불경을 언해하였고, 김수온의 형인 승려 신미(信眉)와는 절친한 사이였다.

** 金守溫, 1410-1481.

1) 삼분오전(三墳五典)은 중국 고대의 삼황(三皇)인 복희(伏羲)·신농(神農)·황제(黃帝)의 글과 오제(五帝)인 소호(少昊)·전욱(顓頊)·고신(高辛)·도당(陶唐)유우(有虞)의 글을 말한다.

2) 석책(射策)은 경서(經書)나 대책(對策)을 죽간(竹簡)에 써 놓고 수험자로 하여금 그 죽간을 뽑아 해석하게 하고 그것으로 우열을 정하던 시험을 말한다.

3) 작자의 형인 승려 신미를 가리킨다.

4) 조선조 세조 때의 승려로 불경 언해에 참여한 인물이다.

학조 선사 뒤에 나오자 도의 명성이 높아져,
학조 학열 두 스님을 두고 갑을을 따질 만했네.
나의 빼어난 명성 듣고 온 고을로 치달아,
때때로 찾아와 기꺼이 달빛 아래 초가를 두드렸네.
덧없는 삶에 본래 만날 기약이 없는데,
서로 만나 냉소해도 알 사람이 없네.
스님이 나무라는 것은 가난한 늙은 선비가
시에 미쳐 평생을 보내다가 귀밑머리 센 것일세.
나는 선사가 공적에 얽매였다고 비웃었으니,
어지러운 온갖 법이 부질없이 나고 사라져서라네.
비록 유가와 불가가 서로 도모하는 사이는 아니지만,
예로부터 풍조가 같아 기쁘게 어울렸네.
혜원 스님 백련사를 결성하여
풍류시인 도연명[5]을 끌어들였지.
조주에선 태전 스님에게 한퇴지가
옷을 선물하고 바닷가에서 작별했다네.
즐거워라 이고[6]는 약산[7]을 만나 쥐구멍을 찾았으나[8],

---

5) 시 원문의 도강절(陶康節)은 도정절(陶靖節)의 오기로 보인다. '정절'은 중국 동진(東晋) 때의 시인인 도잠(陶潛)의 시호다.

6) 이고(李翶, 774-836)는 중국 당나라 때의 문인이다. 자는 습지(習之). 당송16가(唐宋十六家)의 한 사람으로, 스승 한유가 불교를 배척한 것과는 달리, 불교 사상을 채택하여 심성(心性) 문제에 대한 새로운 이해를 보였다. 이고가

동조하든 막역함을 논하든 다 쓸데없는 일.
아득히 천 년 전 선철들을 그리워하노라니,
남기신 풍모가 늠름하여 나약한 자를 일으켜 세워주네.
내게 무슨 글재주가 있으랴만
한 가지에 유래함이 마치 나귀의 발과 같다네.
스님의 나이는 매우 어리나 도는 몹시 높아서
사람들은 이미 부처님의 방에 들었다고 말하네.
열흘이 넘도록 병으로 누워 귀가 멍멍해진 늙은이는
고요한 절방에 오로지 8척의 몸만 두고 있으니,
스님께서는 안부 물으려 사람 보내지 마소서.
이 거사는 지금 한결같은 묵언 수행 중이라오.

일찍이 낭주 자사(郎州刺史)가 되었을 때 약산(藥山)의 유엄(惟儼) 선사를 찾아가서 "도대체 무엇이 도(道)입니까?" 하고 묻자, 유엄 선사가 "구름은 하늘에 있고 물은 두레박에 있소." 하니, 이고가 게(偈)를 지어 "몸의 형상을 학처럼 단련했고, 천 그루 소나무 아래엔 두 상자의 경전이로다. 내 와서 도 물으니 아무 다른 말없이, 구름은 하늘에 있고 물은 두레박에 있다고만. [鍊得身形似鶴形 千株松下兩函經 我來問道無餘話 雲在靑天水在缾]" 하였다.

7) 유엄(惟儼, 745-834)은 중국 당나라 때의 선승이다. 6조 혜능의 법맥을 이러 석두희천(石頭希遷)과 마조도일(馬祖道一)의 문하에서 깨달음을 얻고 운암담성(雲巖曇晟), 동산양개(洞山良价), 조산본적(曹山本寂) 등을 배출하여 조동종(曹洞宗)의 법맥을 열게 하였다.

8) 원문의 조찬(鳥竄)은 새가 날아가 버리듯이 사방으로 흩어져 숨는다는 뜻이다.

題學祖上人詩卷

少年力學追詩書 焚膏繼晷恒兀兀
抉怪搜奇不暇給 墳典千篇森在腹
含英振藻出爲文 射策君門頻第一
浮啚近世多名人 尊者眉公仍學悅
禪師後出道譽隆 其在兩公能甲乙
聞我英聲馳九牧 時來肯扣茅茨月
浮生會合本無期 相逢冷咲無人識
師誚家貧老措大 詩癖窮年側頭鶴
我咲禪師縛空寂 紛紜萬法空生滅
雖然儒釋不相謀 終古同風兩懽適
遠公結社白蓮中 引得風流陶康節
潮洲又有太顚僧 吏部留衣海上別
樂夫烏竄李翺藥 不必同調論莫逆
悠悠千載慕前哲 遺風凜凜猶懦立
文章於我何有哉 一枝由來等驢足
師年甚少道甚高 人道已入牟尼室
經旬臥病毗聊翁 方丈寥寥唯八尺
師乎莫遣問候來 居士如今不二默

-《拭疣集》 권4.

윤 상인의 시에 화답하여

서거정*

치자나무 숲[1] 깊은 곳에 머문 지 그 몇 해던가,
밤 깊은 방장[2]에는 불등이 환히 밝으리라.
지팡이 짚고 어느 때나 스님을 찾아갈까,
슬프다, 뿌연 티끌세상에서 이미 백발이 된 것을.

세속을 벗어나 상종한 지 그 몇 해던가,
그 사이 두 사람의 마음은 예전 그대로였네.
나는 지금 남들이야 비웃어도 상관 않노라,
이부시랑 한유도 태전 스님을 사랑하지 않았던가.

---

* 徐居正, 1420-1488.

1) 치자나무 숲을 담복림(薝蔔林)이라고 하는데, 치자꽃은 특히 육판(六瓣)으로 이루어졌기 때문에 육화 또는 육출화(六出花)라고도 한다. 향기가 매우 빼어나서 인도에서는 이 향기를 부처의 남다른 도력(道力)과 공덕에 비유하기도 하고 승려들의 거처를 가리키기도 한다.

2) 방장(方丈)은 사방이 사람의 키 정도의 길이인 한 길쯤 되는 방을 말한다. 옛날 인도의 유마힐거사(維摩詰居士)가 사방 한 길쯤 되는 방에 거주한데서부터 사찰의 주지나 고승의 처소라는 뜻으로도 쓰인다.

次允上人寄詩韻 二首

薝蔔林深不記年 夜深方丈佛燈然
短笻何日相尋去 惆悵黃塵已白顚

方外相從復幾年 中間心事兩依然
我今遮莫傍人笑 吏部猶能愛太顚

-《四佳詩集》 권40.

심 상인을 보내며

서거정*

스님이 장차 쌍림(雙林)[1]의 옛 은거지로 돌아가려 하면서 내 집에 들러 이별을 고하고, 또 시를 주기에 즉석에서 그 시에 차운하여 아름다운 뜻을 받들어 답하였다. 그리고 영천시(永川詩)의 뒤에 써서 여러 군자들이 뒤따라 화답할 근거로 삼는 바이다.

지팡이 하나 짚은 행색은 가을보다 맑은데,
동서남북을 마음 내키는 대로 유람하네.
좋은 시 쓰는 재주로는 영철[2]의 뒤에 있지만,
높은 도력은 오히려 혜능[3]과 짝이 된다네.

---

* 徐居正, 1420-1488.

1) 쌍림(雙林)은 사라쌍수(沙羅雙樹)라고도 한다. 석가모니가 열반할 때 사방에 한 쌍씩 서 있었던 사라수(沙羅樹)를 가리킨다.

2) 영철(靈澈)은 중국 당나라 때의 시승(詩僧)으로, 시에 뛰어나 시집이 전한다.

3) 혜능(惠能), 곧 혜능(慧能, 638-713)은 당나라 때의 승려로, 중국 선종(禪宗)의 6조(六祖)다. 속성(俗姓)은 노(盧)씨고, 시호는 대감선사(大鑑禪師)다. 영남(嶺南) 신주(新州) 사람으로, 집이 가난하여 나무를 팔아서 어머니를 봉양했는데, 어느 날 장터에서 어떤 사람이 《금강경(金剛經)》 읽는 것을 듣고 불도에 뜻을 두었다. 중국 선종의 제5조인 홍인(弘忍)을 찾아가 법을 받았다. 신수(神秀)와 더불어 홍인 문하의 2대 선사로 후세에 신수의 점오(漸悟) 계통을 받은 사람을 북종선(北宗禪), 혜능의 계통을 남종선(南宗禪)이라

닦아낼 먼지도 없고 경대도 아니려니와[4],
누구는 공허하여 매지 않은 배[5] 같았던가.
척안[6]으로 강호를 발이 부르트게 다니니,
가슴속에 저 온 세상의 사물을 다 간직하리라.

선비와 스님이 상종한 지 지금 그 몇 해던가.
십 년의 종적을 서로 의지하며 교유했었네.
동파[7]는 이미 갔으니 내 어찌 그에 비하랴만,
불인[8]은 비록 아니지만 스님은 짝할 만하지.

고 했다. 이 때 신수와 깨달음의 깊이를 겨루면서 지었다는 게송(偈頌) "보리는 원래 나무가 아니고, 명경도 또한 대가 아니라네. 본래 한 물건도 없는데, 어디서 먼지가 일어나겠는가?[菩提本無樹 明鏡亦非臺 本來無一物 何處惹塵埃]"가 유명하다. 나중에 소주(韶州) 조계산(曹溪山) 보림사(寶林寺)에 있으면서 견성성불(見性成佛)의 돈오법문(頓悟法門)을 널리 펼쳤다. 그의 설법을 기록한 《육조단경(六祖壇經)》이 있다.

4) 혜능의 게송에 나온 말이다. 주3) 참조.

5) 《장자(莊子)》 열어구(列禦寇)편에 "대체로 재주 있는 자는 수고롭고, 지혜로운 자는 근심을 하게 된다. 그러나 아무것도 능한 것이 없는 도인은 찾는 것이 없이 배불리 먹고 즐겁게 노니니, 마치 매이지 않은 배가 물 위에 둥둥 떠 있듯이 공허하게 노니는 것이다. [巧者勞 而知者憂 無能者無所求 飽食而遨遊 汎若不繫之舟 虛而遨遊者也]"라고 한 데서 온 말이다.

6) 척안(隻眼)은 외눈을 뜻하는 말이나, 남다른 견해를 가진 사람을 비유적으로 가리키기도 한다.

7) 동파(東坡)는 중국 송나라 때의 저명한 문인인 소식(蘇軾)의 호다.

8) 불인(佛印)은 송나라의 고승으로 시에 능하여 특히 소식, 황정견(黃庭堅)과 매우 친하게 지냈다고 한다.

떠도는 내 자취 범경[9] 같음은 부끄러우나,
참선하는 마음은 텅 빈 배 같음을 일찍이 믿었네.
백련사[10]의 결성은 끝내 약속대로 할 터요,
어떻게든 내 다시 조주[11] 스님을 찾으리라.

쌍림[12]에 우수수 낙엽 지고 또 맑은 가을이 되니,
아마도 절방[13]에선 옛 친구를 기다리리라.

---

9) 범경(泛梗)은 물에 둥둥 뜬 나무 인형을 가리킨다. 전국 시대에 소진(蘇秦)이 일찍이 맹상군(孟嘗君)에게 말하기를 "지금 신이 오면서 치수(淄水) 가를 지나다가 흙 인형과 나무 인형이 서로 말하는 소리를 들으니, 나무 인형이 흙 인형에게 말하기를 '그대는 서쪽 강변의 흙으로 만들어진 사람이라, 8월경에 비가 내려서 치수가 넘치면 이지러지고 말 것이다.'라고 하자, 흙 인형이 너무 인형에게 말하기를 '그렇지 않다. 나는 서쪽 강변의 흙이라서 흙은 또 그곳에 있겠지만, 지금 그대는 동국(東國)의 복숭아나무로 만들어진 사람이니 비가 내려 치수가 넘쳐 그대를 띄우고 흘러가 버리면 둥둥 뜬 그대는 장차 어찌되겠는가.' 하더라."고 한 데서 온 말로, 덧없는 인생의 비유로 쓰인다.

10) 백련사(白蓮社)는 중국 동진(東晉) 때 여산(廬山) 동림사(東林寺)의 고승 혜원법사(慧遠法師)가 일찍이 당대의 명유(名儒)인 도잠(陶潛)과 도사(道士)인 육수정(陸修靜) 등을 초청하여 승속(僧俗)이 함께 염불 수행(念佛修行)을 목적으로 결성한 단체다.

11) 조주(趙州)는 당나라 때의 선승(禪僧)인 종심(從諗, 778-897)으로, 여기서는 심 상인을 조주에 빗대어 말한 것이다.

12) 쌍림(雙林)은 석가모니가 열반할 때 사방에 한 쌍씩 서 있었던 사라수(沙羅樹)를 말하는데, 흔히 절을 뜻하는 말로 쓰인다.

13) 원문의 방송(房松)은 송방(松房)을 가리키는 것으로 승려들의 거처를 말한다.

여여[14]의 진리는 능히 자득할 수 있으리니,
아득히 높은 자취는 뉘와 짝하길 허여하랴.
아침 계룡산[15] 길엔 구름이 발밑에서 나오고,
저녁 웅진[16]에 배 대면 달빛이 배에 가득하리라.
다시 상방[17]에 들어 가부좌하고 참선하노라면,
속세의 몇 길 뿌연 먼지와는 멀어지리라.

옛 산의 솔과 계수에 가을은 깊어 가는데,
흰 버선에 푸른 짚신 신고 다시 유람을 떠나네.
산에서 무심히 나온 구름은 벗을 삼고,
강에 비친 달은 마주 보며 동무로 삼으리.
공중에 석장을 날려 가는데 어찌 꼭 학이 필요하랴[18],

---

14) 여여(如如)는 불교 용어로 진여(眞如)를 말하는데, 삼라만상의 이치는 동일 평등(同一平等)하므로 여(如)라 하고, 여가 하나만이 아니므로 여여라고 한다. 혜능(慧能)의 《육조단경》에 "만경이 스스로 여여하니, 여여의 마음이 곧 진실이다. [萬境自如如 如如之心 卽是眞實]"라는 말이 있다.

15) 차령산맥 중의 연봉으로서 충청남도 공주시·논산시와 대전광역시에 걸쳐 있는 산.

16) 충청남도 공주 지역의 옛 이름.

17) 불교에서 주지승(住持僧)의 거처를 말하며 또는 절을 일컫기도 한다.

18) 중국 남북조시대 남제(南齊)의 고승 지공(誌公)은 늘 석장(錫杖)을 짚고 다녔는데 도사(道士) 백학도인(白鶴道人)과 절 지을 터를 먼저 차지하려고 경쟁하여, 도사는 학을 날려 보내고 지공은 석장을 날려 보내었는데 석장이 먼저 가서 터를 잡았다는 고사가 있다. 이로 인하여 중의 행각을 석(錫)이라 하게 되었다.

잔으로 강 건너면 굳이 배를 탈 것도 없으리라[19].
지둔과 허순이 서로 종유함은 예전의 일이거니와[20],
태전에게 옷 남겨 준 한유도 비웃지 말아야지[21].

送心上人 四首

一節行色淡於秋　南北東西自在遊
詩好合居靈澈後　道高還與惠能儔
無塵拂拭非臺鏡　何物虛空不繫舟
隻眼江湖雙足繭　胸中如許藏九州

儒釋相從今幾秋　十年踪跡托交遊
東坡已逝我何望　佛印雖非師可儔
浪迹却慙同泛梗　禪心曾信似虛舟
白蓮結社終如約　聊復相尋訪趙州

---

19) 중국 남북조시대에 항상 나무 술잔을 타고 강을 건너 배도 화상(盃渡和尙)으로 불렸던 고승이 있었다고 한다. 두보(杜甫)의 〈제현무선사옥벽(題玄武禪師屋壁)〉이라는 시에 "지공(誌公)스님이 지팡이를 날리면 학이 늘 그 뒤를 따르고 배도화상이 나무 술잔으로 강을 건너도 갈매기 놀라지 않았다네.[錫飛常近鶴 杯度不驚鷗]"라는 구절이 있다.

20) 중국 진(晉)나라 때의 고승(高僧) 지둔(支遁)과 고사(高士) 허순(許詢)이 친구가 되어 불경과 현리(玄理)를 서로 담론하면서 매우 사이좋게 지냈던 데서 온 말로, 승려와 문사(文士) 간에 교의(交誼)가 깊은 것을 비유한다.

21) 한유(韓愈)가 불골표(佛骨表)를 올린 일로 조주 자사(潮州刺史)로 좌천되었을 때 태전(太顚)이란 승려와 친하게 지내다가 그곳을 떠나올 적에는 태전에게 의복을 남겨 주었다고 한다.

雙林搖落又淸秋 知有房松待舊遊
眞界如如能自得 高蹤莫莫許誰儔
朝征雞嶽雲生屐 夜泊熊津月滿舟
還向上房盤脚坐 紅塵幾丈隔神州

故山松桂欲深秋 白襪靑鞋又勝遊
出峀無心雲作伴 印江當面月爲儔
錫飛空去何須鶴 杯渡江來不必舟
支許相從終古事 留衣且莫笑潮州

-《四佳詩集》 권45.

명나라 사신과 이별에 즈음하여*

서거정**

송죽 같이 높은 풍도가 빙설을 능가하여,
성조의 빼어난 인재로 이미 등용되었네.
조화롭게 처신하니 의당 염매의 재상[1]이 될 터요,
끝내 세상 물정에 어두운 죽반승[2]이 되진 않을 것을.
노마처럼 둔한 나야 어찌 준마를 바라랴만,
그대의 재주 강호에 우뚝하니 치승[3]을 논할 것 없네.

---

* 작자는 1476년(성종7) 원접사(遠接使)가 되어 중국사신을 맞이하여 많은 시를 수창하였는데, 그때 지은 시다.

** 徐居正, 1420-1488.

1) 염매(鹽梅)는 소금과 매실을 가리킨다. 은(殷)나라 고종(高宗)이 어진 재상 부열(傅說)에게 이르기를, "내가 만일 국을 끓이려 하거든 그대가 소금과 매실이 되어 달라.[若作和羹 爾惟鹽梅]"라고 한 데서 온 말로, 어진 재상이 임금을 잘 보좌하여 나라를 잘 다스리게 하는 것을 의미한다.

2) 죽반승(粥飯僧)은 죽이나 밥만 먹고 지내면서 수행에 정진하지 않는 승려를 가리키는 말이다. 본디 승려들이 스스로를 낮추어 쓰던 말인데, 뒤에는 흔히 놀고먹는 사람을 조롱하는 뜻으로 사용하였다.

3) 치승(淄澠)은 중국 산동성(山東省)에 있는 치수(淄水)와 승수(澠水)를 아울러 이르는 말이다. 여기서는 현재(賢才)와 둔재(鈍才)를 비유하는 말로 사용하였다. 전설에 의하면 두 강물의 물맛이 서로 다르지만 섞어 놓으면 판별하기 어려운데, 맛을 잘 아는 역아(易牙)는 곧잘 분별해 내었다고 한다.

해동의 늙은 선비와 중원의 사신이 만나서,
간담이 서로 응하여 능화경[4]에 비칠 듯하네.

의관 차리고 정좌하니 얼어붙은 듯 썰렁해서,
일생의 호기가 진등[5]에게 부끄러울 뿐이네.
허술함은 무장공자[6] 같음을 자신하지만,
청고함은 참으로 머리털 달린 중이라오.
작은 언덕이 어찌 서악[7]과 가지런할 수 있으랴,
밭두렁에 흐르는 물 또한 응당 제나라 승수만 못하고말고.
포도랑 목숙[8]은 우리가 가진 것이 아니니,

---

4) 옛날 동경(銅鏡)의 별칭이다. 동경은 흔히 육각형으로 되어 있는데, 뒷면에 마름꽃[능화(菱花)] 무늬를 새겼던 데서 붙여진 이름이다.

5) 진등(陳登)은 중국 삼국시대 위(魏)나라의 고결한 선비다. 허사(許汜)가 유비(劉備)와 함께 이야기를 나누다가 다음과 같은 말을 하였다. "제가 한번은 진등을 찾아갔더니, 진등이 손님 대접을 제대로 하지 않고, 주인인 자신은 높은 침상에 올라가 눕고, 손님인 자기는 아래 침상에 눕게 하더군요." 그러자 유비는, "그대는 국사의 명망을 지닌 사람이 아닌가. 지금 천하가 크게 어지러워져서 임금이 처소를 잃은 판이라, 그대에게 오직 나라를 걱정하고 자신을 잊어서 온 세상을 구제할 뜻이 있기를 바라는데, 그대는 전답이나 살 집을 구하고 다닐 뿐, 아무런 대책도 세우지 않고 있으니, 진등이 이를 꺼렸던 것일세. 어찌 그대와 말할 가치가 있었겠는가. 나 같았으면 나는 백척루 위로 올라가 눕고, 그대는 땅바닥에 눕게 했을 것이야. 어찌 침상의 위아래로 따질 일인가."라고 하였다. 여기서 진등을 호기 있는 인물로 말한 것이다.

6) 무장공자(無腸公子)는 게의 별칭으로, 속이 없는 것을 비유한 것이다.

7) 중국의 오악(五嶽) 가운데 서악(西嶽)인 화산(華山)을 가리킨다.

8) 콩과의 두 해살이 식물로, 개자리・거여목・게목・광풍채・금지초・목률이

강리[9]랑 능감[10]이나 캐 드릴까 하노라.

골악[11]과 용만[12]에 이미 눈이 녹았는지라,
그대 보내려다 다시 부여잡고 올라왔네.
그리움 끊이지 않아 봄 타는 여인 같고,
홀로 앉아 적적함은 결하[13]하는 중 같네.
천상엔 사람 있어 북두성처럼 바라보는데[14],
인간엔 승수를 술로 변화할 길이 없구나[15].
마음이 놀라니 〈양관곡〉[16]을 부르지 말게나.

라고도 한다.

9) 강리(江離)는 향초(香草)인 천궁(川芎)의 별칭으로, 현자(賢者)의 비유로 쓰이기도 한다.

10) 능감은 수초(水草)인 마름의 일종이다.

11) 압록강 동쪽 요동(遼東) 땅에 있는 산.

12) 평안북도 의주 근처 압록강 하구에 있는 만의 옛 이름.

13) 결하(結夏)는 승려가 음력 4월 16일부터 7월 15일까지 90일 동안 출입을 금하고 한곳에 모여 수행에 전념하는 것을 말한다. 하안거(夏安居).

14) 북두(北斗)를 바라본다는 것은, 한유가 작고한 뒤로 학자들이 그를 태산북두(泰山北斗)처럼 우러러 받들었다는 데서 온 말이다. 여기서는 명나라 사신의 문장을 한유에 빗대서 한 말이다.

15) 《춘추좌전(春秋左傳)》 소공(昭公) 2년에, 제(齊)나라 임금이 "술은 승수처럼 많고 고기는 언덕처럼 많다.[有酒如澠 有肉如陵]"고 말한 내용이 있다.

16) 옛날 이별할 때 부르던 노래다. 이것을 양관삼첩(陽關三疊)이라고도 하는데, 삼첩이란 바로 왕유(王維)의 〈송원이사안서(送元二使安西)〉 시의 "위성의 아침 비가 가벼운 먼지를 적시니, 객사는 푸르고 푸르러 버들 빛이 새롭구나. 한 잔 술 더 기울이라 그대에게 권한 까닭은, 서쪽으로 양관 나가

당년에 〈채릉가〉[17] 듣던 것만 못하고말고.

봄에 얼음 녹듯 시름 못 녹여 한스럽지만,
물 있어 임할 만하고 산 있어 오를 만하네.
손님 만류하는 데 감히 빗장 던진 사람 같으랴만[18],
가벼운 차림도 행각승[19]보다는 훨씬 낫구나.
끝내 태산과 황하를 두고 기약할 터이니[20],
언덕처럼 쌓인 안주와 승수 같이 많은 술은 필요 없네.[21]
해 저문 이정[22]에 이리저리 생각이 많은데,

면 친구가 없기 때문일세.[渭城朝雨浥輕塵 客舍靑靑柳色新 勸君更進一杯酒 西出陽關無故人]"라고 한 시에서, 제1구만 재창(再唱)을 하지 않고 나머지 세 구는 모두 재창을 하는 것을 말한다.

17) 마름 딸 때 부르던 노래.

18) 중국 전한(前漢) 때 진준(陳遵)이 술 마시며 손님 접대하기를 매우 좋아하였다. 항상 손님들을 집에 가득 초청해서 술잔치를 벌일 때마다 대문을 걸어 잠그고 손님들의 수레 빗장을 뽑아 우물에 던져 버리곤 하였으므로, 손님들이 아무리 급한 일이 있어도 떠나지 못하고 끝까지 함께 술을 마셨다는 고사가 있다.

19) 원문의 타포승(打包僧)은 행각승(行脚僧)을 말한다. '타포'는 타포(打袍)라고도 하며, 행각승이 등에 지고 다니는 주머니 모양의 바랑을 뜻한다.

20) 한 고조(漢高祖)가 천하를 통일하고 나서 공신들에게 벼슬을 주면서 "황하가 띠처럼 가늘어지고, 태산이 숫돌처럼 닳는다 하더라도, 나라는 영원히 보존되어, 후손에게 대대로 영화가 미치게 하리라.[使黃河如帶 泰山若礪 國以永存 爰及苗裔]"라고 한 데서 온 말로, 공신에 책록되는 것을 말한다. 여기서는 언젠가는 반드시 지키겠다는 뜻으로 한 말이다.

21) 주 15) 참조.

동풍은 강 가득 떠 있는 마름을 다 불어대누나.

문장은 이백 두보 같고 필법은 양빙[23] 같아라,
영주 십팔 인[24]에 오른 게 참으로 합당하네.
술 피함은 감히 소진의 부처 피하듯 하랴만[25],
중에게 옷 남긴 건 일찍이 한퇴지를 비웃었지[26].
천군의 시 진영은 산악을 꺾을 만하고,
삼협의 사원은 승수를 압도할 만하구려[27].

---

22) 이정(離亭)은 옛날 성곽 밖의 길가에 세워 행인들이 잠시 쉬도록 한 정자를 말한다. 옛사람들이 모두 여기에서 서로 송별을 하였으므로, 길 떠나는 사람에 대한 송별의 자리를 의미한다.

23) 양빙(陽氷)은 당나라 때의 명필인 이양빙(李陽氷)을 가리키는데, 특히 소전체(小篆體)에 뛰어났다고 한다.

24) 영주(瀛洲)는 본디 선경(仙境)을 가리킨 말이다. 당 태종(唐太宗)이 인재들을 망라하여 문학관(文學館)을 설치하고 두여회(杜如晦), 방현령(房玄齡) 등 18인의 문관을 학사로 임명하고서 한가한 때면 이들에게 정사를 자문하기도 하고 함께 전적을 토론하기도 하면서 이들을 십팔학사(十八學士)라 호칭하였다. 당시 사람들이 그들을 사모하여 "영주에 올랐다.[登瀛洲]"라고 일컬었다. 이런 연유로 '영주 십팔 인'이란 곧 한림학사(翰林學士)를 가리킨다.

25) 소진(蘇晉)은 당 현종(唐玄宗) 때의 문신으로 특히 술을 매우 즐겨 마셨으므로, 두보(杜甫)의 〈음중팔선가(飮中八仙歌)〉에 "소진은 부처님 앞에서 장기간 재계를 하는데, 취중에는 가끔 좌선하다 달아나길 좋아한다네.[蘇晉長齋繡佛前 醉中往往愛逃禪]"라고 한 데서 온 말이다.

26) 한유(韓愈)가 조주 자사(潮州刺史)로 좌천되어 있을 적에 태전(太顚)이란 승려와 친하게 지냈는데, 한유가 그곳을 떠나올 적에는 그에게 의복(衣服)을 남겨주기까지 했던 데서 온 말이다.

후일 팔진미[28]가 차려진 천상의 연회에서,
혹 우리 해동의 마름 풀도 기억해 줄는지?

昨承和韻 相別日逼 情不自勝 又和元韻 以抒下情

松竹高標傲雪氷 聖朝良俊已崇登
調和可作鹽梅相 迂闊終非粥飯僧
鈍似駑駘寧望驥 才高湖海莫言澠
海東儒老中華使 肝膽唯應照鑑蔆

正坐儒冠冷欲氷 一生豪氣愧陳登
空疎自信無腸子 淸苦眞成有髮僧
培塿何曾齊華岳 隴瀧應亦讓齊澠
葡萄苜蓿非吾有 爲採江蘺間海蔆

鵠岳龍灣已泮氷 送君時復費攀登
相思脈脈傷春女 獨坐寥寥結夏僧

27) 사원(詞源)은 문장의 근원을 말한 것으로, 두보의 〈취가행(醉歌行)〉에 "문장의 근원은 삼협의 물을 기울인 듯하고, 필력의 전진은 천군을 쓸어 낼 기세로다.[詞源倒流三峽水 筆陣獨掃千人軍]"라고 한데서 온 말이다.

28) 중국에서 성대한 음식상에 갖춘다고 하는 진귀한 여덟 가지 음식의 아주 좋은 맛. 순모(淳母), 순오(淳熬), 포장(炮牂), 포돈(炮豚), 도진(擣珍), 오(熬), 지(漬), 간료(肝膋)를 이르기도 하고 용간(龍肝), 봉수(鳳髓), 토태(兎胎), 이미(鯉尾), 악적(鶚炙), 웅장(熊掌), 성순(猩脣), 수락(酥酪)을 이르기도 한다.

天上有人瞻北斗 人間無酒變東澠
驚心莫唱陽關曲 不似當年聽採菱

銷愁恨不似春氷 有水可臨山可登
留飮敢同投轄客 輕裝大勝打包僧
終期泰礪仍河帶 不用肴陵復酒澠
日暮離亭多少思 東風吹盡滿江菱

文章李杜筆陽氷 端合瀛洲十八登
逃酒敢期蘇晉佛 留衣曾笑退之僧
千軍詩陣能摧岳 三峽詞源可倒澠
他日八珍天上宴 倘能記我海東菱

-≪四佳詩集≫補遺 권2.

청한*이 방문하고 돌아가므로 시로써 사례하다

서거정**

장안의 성중은 삼복더위에 장마가 겹쳐,
문을 나가면 깊은 진흙탕이 질척거리네.
문전에 거마의 자취가 비로 쓴 듯 적적하여,
주인은 홀로 앉았다가 홀로 읊기도 한다네.
청은산인[1]은 원래 도가 높은 분이거늘,
어찌하여 나를 천금같이 아끼시는가.
날마다 상좌 보내 안부를 묻기도 하고,
흥이 나면 문득 직접 달려오기도 하네.
머리엔 대삿갓 쓰고 발에는 나막신 신고,
지팡이엔 술값 걸고[2] 소매엔 시축을 넣고,

---

* 조선 초기의 학자이자 문인이며, 생육신의 한 사람인 김시습(金時習, 1435-1493)을 가리킨다. 김시습은 매월당(梅月堂) 이외에 청한자(淸寒子), 청은산인(淸隱山人) 등의 호를 썼다.

** 徐居正, 1420-1488.

1) 주 * 참조.

2) 중국 진(晉)나라 때 완수(阮脩)가 술을 매우 좋아하여 항상 돈 백 전(錢)을 지팡이 끝에 걸고 다니면서 주점을 만날 때마다 홀로 술을 마시어 실컷 취하곤 하였다는 고사가 있다.

나의 황모정에서 서로 마주해 앉았노라면,
마주 보는 눈길 자연스럽고 속마음은 숨김없으니,
부들방석에 앉아서 졸고 안석에 기대어 눕고,
술이 있으면 사 오고 차가 있으면 마시지.
도연명과 혜원법사여[3]!
옛사람은 적막해라 지금 그 어디로 갔는가.
한유와 태전 사이엔 어찌 전한 게 없으랴,
두보와 제기[4] 사이엔 지금 시가 전해오고,
소동파는 이미 갔고 불인[5] 또한 죽고 없구나.
나와 상인도 끝내 이와 같지 않을까 하면서,
두 사람이 손뼉 치며 한바탕 껄껄 웃노라면,
정과 흥이 곧바로 무하향[6]에 도달하기도 하네.
하물며 주인은 맑고 넓은[7] 자유인이라,

---

3) 동진(東晉) 때의 시인 도연명(陶淵明)과 그 당시 여산(廬山) 동림사(東林寺)의 고승 혜원법사(慧遠法師)를 가리킨다. 혜원법사가 일찍이 도연명에게 술을 마시도록 허락한다고 하자, 도연명이 찾아가서 선승(禪僧)과 유자(儒者)가 서로 다정하게 어울렸던 고사가 있다.

4) 제기(齊己)는 당(唐)나라 때 시승(詩僧)이다.

5) 불인(佛印)은 송(宋)나라 때의 고승으로, 시에 능하여 특히 소식(蘇軾), 황정견(黃庭堅)과 서로 친하게 지냈다.

6) 무하유지향(無何有之鄕)의 준말로, 어디에도 없는 곳이라는 뜻이다.

7) 원문의 담탕(淡蕩)은 맑고 넓은 모양을 말한다. '담탕자'는 맑고 넓어 자유로운 사람을 가리킨다.

공자도 석가도 노자도 장자도 아닌 데다,
일월을 눈으로 삼고 천지를 마음으로 삼으며,
풍운을 기로 삼고 강물을 양으로 삼아,
스스로 술에 취하고 스스로 깨곤 하면서,
시비 우락 영욕 생사를 둘 다 잊었음에랴.
스님이 나의 진실 기억해줌을 잘 알겠고,
스님이 나의 장점 아껴줌도 잘 알고말고.
스님이 한 번 오면 산중에 비가 내리고,
스님이 한 번 웃으면 연꽃이 활짝 피어서,
비 맞으며 꽃구경함도 나쁘지 않거니와,
해질 무렵 저녁 바람은 참으로 좋다마다.
스님이 가려 하면 소매 잡고 굳이 만류해,
달뜨기를 기다려 함께 배회도 했었네.
비록 노동의 예닐곱 잔 차[8]는 없지만,
이태백의 삼백 잔 술[9]이야 항상 내게 있다오.

---

8) 노동(盧仝)의 다가(茶歌)에 "첫째 잔은 목과 입술을 적셔주고, 둘째 잔은 외로운 시름을 떨쳐주고, 셋째 잔은 메마른 창자를 헤쳐주어 뱃속엔 문자 오천 권만 남았을 뿐이요, 넷째 잔은 가벼운 땀을 흐르게 하여 평생에 불평스러운 일들을 모두 털구멍으로 흩어져 나가게 하네. 다섯째 잔은 기골을 맑게 해주고, 여섯째 잔은 선령을 통하게 해주고, 일곱째 잔은 다 마시기도 전에 또한 두 겨드랑이에 맑은 바람이 이는 걸 깨닫겠네.[一椀喉吻潤 二椀破孤悶 三碗搜枯腸 惟有文字五千卷 四椀發輕汗 平生不平事 盡向毛孔散 五椀肌骨清 六椀通仙靈 七椀喫不得 也唯覺兩腋習習淸風生]"라고 한 데서 온 말이다.

내 스님께 알리노니 자세히 살펴보시게.
연못물이 범람하여 포도주처럼 푸른 것을[10].

淸寒訪還 詩以爲謝

長安城中三伏霖 出門汨汨泥已深
門前車馬跡如掃 主人獨坐還獨吟
淸隱山人道高者 如何愛我如千金
日遣上佐來問訊 有輿輒走來相尋
頂戴竹笠足木屐 杖頭酒錢袖詩軸
相對坐我黃茅亭 面目自然肝膽白
有蒲團睡有几憑 有醑則沽有茶喫
陶靖節遠法師 古人寂寞今何之
昌黎太顚豈無傳 杜甫齊已今有詩
東坡已逝佛印死 我與上人無迺斯
兩人拍手笑一場 情興直到無何鄕
主人況是淡蕩者 非孔非佛非老莊
日月爲眼天地心 風雲爲氣江河量

---

9) 이백(李白)의 〈양양가(襄陽歌)〉에 "노자표며 앵무배로, 백 년이라 삼만 하고도 육천 일을, 날마다 반드시 삼백 잔씩 기울여야겠네.[鸕鶿杓 鸚鵡杯 百年三萬六千日 一日須傾三百杯]"라고 한 데서 온 말이다.

10) 이백의 〈양양가〉에 "멀리 바라보니 한수는 오리 머리처럼 파래서, 흡사 막 발효된 포도주 빛깔 같구나.[遙看漢水鴨頭綠 恰似葡萄初醱醅]"라고 한 데서 온 말이다.

醉則自醉醒自醒 是非憂樂榮辱生死都兩忘
儘知上人記我眞 儘知上人愛我長
上人一來山雨來 上人一笑荷花開
對雨賞花亦不惡 落日晩風眞佳哉
上人欲歸苦挽袖 更待月出同俳佪
雖無盧仝六七椀 自有李白三百杯
我報上人著眼看 池水爲漲葡萄醅

-《四佳詩集》권13.

보련사[*] 주지가 되어 떠나는 공 상인을 보내며

김종직[**]

바쁠 때는 바랑 메고 조용할 땐 참선하면서,
공 스님의 가고 머무름은 인연을 따를 뿐이네.
잠깐 한 석장 이끌어 천령을 하직하고서,
스스로 삼승[1] 호위하러 보련사로 들어가누나.
풀밭에 앉으면 서리 바람이 방석에 스며들 테고,
숲속을 걷노라면 여울물이 발목을 적시리라.
쇠잔한 고을 병든 태수는 제대로 작별을 못해주니,
누가 한문공이 태전 스님 사랑했다 괴이하게 여기랴.

送空上人住持寶蓮寺

忙裏挑包靜裏禪 空師去住只隨緣
暫携一錫辭天嶺 自衛三乘入寶蓮
草坐霜風侵白氎 林行石瀨濺青纒

---

* 충청북도 충주시 천룡산(天龍山)에 있는 절.

** 金宗直, 1431-1492.

1) 불교 용어로, 성문(聲聞) · 연각(緣覺) · 보살(菩薩) 등 중생을 열반에 이르게 하는 세 가지 교법(敎法)을 말한다.

殘城病守難爲別 誰怪韓公愛太顚

-《佔畢齋集》권9.

지은* 상인의 시축에

문경동**

말없이 편안한 모습의 젊은 지은 스님,
한 폭 종이[1] 펼쳐놓고 끈기 있게 시 구절을 찾고 있네.
한유가 태전을 받아준 건 도의 이치 때문이요,
소동파가 불인과 사귐은 가슴속 생각이 통해서일세.
유가와 묵가의 마음이 서로 합치되게 한다면,
꼭 높고 깊은 경지[2]에 기대 손을 내저을 건 없는 것을.
조만간 그대가 돌아오면 나 또한 받아들여,
타고난 재주를 잘 살려 사람의 떳떳한 도리[3]를 알리리라.

---

* 조선조 중종 때의 승려로, 법호는 정묵헌(靜默軒). 전라북도 고창 선운산의 도솔암을 중창하였다.

** 文敬仝, 1457-1521.

1) 원문의 만전(蠻牋)은 당나라 때 품질이 좋은 한지(韓紙)나 그 한지로 만든 편지지를 일컫던 말이다.

2) 원문의 문장(門牆)은 스승의 문과 담장이라는 말로, 대체로 높고 깊은 경지를 가리킨다.

3) 원문의 민이(民彝)는 사람으로서 늘 지켜야 할 떳떳한 도리를 말한다.

題智訚上人詩軸 號靜默軒

安聞靜默少誾師　一幅蠻牋强索詩
韓許太顚由道理　蘇交佛印協襟期
若令儒墨心相契　未必門牆手可麾
早晩爾歸吾亦受　好將天賦詔民彝

-《滄溪集》권3.

조우* 노스님의 시에 화답하여

김세필**

우리 집은 신륵사 남쪽 언덕에 있다. 지난 가을 스님이 신륵사에서 빈궁하게 사는 내 집을 찾아주셨다. 지금 스님은 장흥사에 계셔서 시 세 수를 지어 부친다.

만년 여강1) 골짜기에 집터를 정해,
바야흐로 작은 집을 지었네.
혜원2) 스님은 법사3)를 남겨 두었고,
백련사4)는 사립문을 마주 하였네.
한 줄기 강물은 물오리 다니는 길로 통하고,

---

* 조선조 세조 때의 승려. 계유정난(癸酉靖難)으로 왕위를 찬탈한 세조의 총애를 받은 노사신(盧思愼, 1427-1498)에게서 《장자》를 배웠다는 이유로 김시습에게 사람 취급을 받지 못하였다는 일화가 전한다.

** 金世弼, 1473-1533.

1) 경기도 여주(驪州)의 옛 이름이다.

2) 중국 동진(東晋)때 도연명과 교유하였던 고승이다.

3) 법통(法統)을 이어받은 후계자를 말한다.

4) 중국 동진 때 고승 혜원이 402년에 만든 염불 수행의 결사(結社). 정토(淨土) 신앙을 강조한 결사로, 본산(本山) 동림사(東林寺)에 백련이 많고 여기 모이는 사람들이 명리(名利)에 물들지 않은 것을 연꽃에 비유한 데서 이 이름이 생겼다. 연사(蓮社).

고상한 담론은 허황된 생각을 깨뜨리네.
선사[5]께 내 감히 여쭙노니,
시를 읊조림이 염량[6]을 헤아리는 일인지요?

멀리 장흥사[7]로 옮겨 가셨는데,
야족헌[8]은 여전한지요?
꿈에 도우를 찾아가,
선문 너머에 이르렀지요.
온갖 번뇌[9]가 밀려옴을 괴이타 말지니,
지금까지의 골상이 험난해서인 것을.
후일 백련사[10]를 결성하고,
여지가 있으면 술 마시는 모임[11]도 만들지요.

---

5) 원문의 선승(禪乘)은 선가(禪家)·선종(禪宗)·선문답(禪問答) 등의 의미로 쓰인다.

6) 원문의 양훤(涼暄)은 염량(炎涼)과 같은 말로, 세태를 판단하고 선악과 시비를 분별하는 슬기를 말한다.

7) 경기도 여주(驪州)에 있던 절이다.

8) 장흥사에 있던 건물인 듯하다.

9) 원문의 번롱(樊籠)은 새장을 말하는데, 번뇌에 묶여 자유롭지 못한 상태의 비유로 쓰인다.

10) 주 2) 참조. 백련사에 시인 도연명과 도사 육수정(陸修靜)이 참여하였으므로 '도륙사(陶陸社)'라고 한 것이다.

11) 원문의 진훤(陳暄)은 중국 남북조시대 진(陳)나라 사람으로 글재주가 뛰어났으나 술을 너무 좋아하여 법도가 없었다고 한다.

태전 스님은 누구 같은 분이기에,
도를 닦는 기상이 절로 빼어나셨나요?
아직 무생계[12]에 들지도 않았는데,
누가 불이문[13]을 말하였나요?
옷을 남겼다고 한유[14]를 비방하지만,
닻줄을 풀면 바로 동쪽 들판[15]이네요.
세속을 벗어난 곳으로 왕래하며,
비 갠 창가에서 함께 햇볕이나 쬐시지요[16].

和老釋祖雨韻

弊業在神勒寺南岸 去秋 師自神勒訪窮居

---

12) 생명이 없는 세계.

13) 해탈문(解脫門). 절로 들어가는 3문(三門) 중 절의 본전에 이르는 마지막 문. '불이'는 진리 그 자체를 달리 표현한 말로, 본래 진리는 둘이 아님을 뜻한다.

14) 원문의 이부(吏部)는 한유가 유배에서 풀려난 뒤에 이부시랑(吏部侍郎)이 된 것을 말한다.

15) 두보(杜甫)가 기주(夔州) 지방에 노닐 때 그곳의 산천을 몹시 좋아하여 차마 떠나지 못하고 양수(瀼水)의 동쪽, 서쪽 등으로 세 번이나 집을 옮기며 자유롭게 살았던 일이 있었다. 〈자양서형비차이거동둔모옥(自瀼西荊扉且移居東屯茅屋)〉 시에는 "양수의 동쪽과 양수의 서쪽에서, 한결같이 시냇가에 머물다 보니, 오거나 가거나 모두가 띳집인데, 머무름은 농사를 짓기 위함일세.[東屯復瀼西 一種住淸溪 來往皆茅屋 淹留爲稻畦]"라고 하였다.

16) 원문의 부훤(負暄)은 햇볕을 쬐는 일이라는 뜻으로, 부귀를 부러워하지 아니하는 마음을 이르는 말이다.

今在長興寺 寄詩三首

晩卜驪江曲 方圖起小軒 遠公留法嗣 蓮社對柴門
一水通舼渡 高談破鬼屯 禪乘吾敢問 吟嘯度涼暄

迢遞長興寺 何如也足軒 夢魂尋道友 蹤跡隔禪門
莫怪樊籠密 從前骨相屯 他時陶陸社 餘地結陳暄

太顚何似者 道氣自軒軒 未入無生界 誰言不二門
留衣非吏部 解纜卽東屯 來往隨方外 晴窓共負暄

-≪十淸軒集≫권1.

여성위*의 금강산 시에 차운하여

홍언필**

이 몸이 얽매는 데 없으니,
어느 곳에서든 편안치 않은 곳이 있으랴.
인간 세상의 영화와 쇠락은
뜬구름이 피어올랐다 사라짐과 같은 것.
속세를 벗어나 높은 학문을 살펴보면,
세속과는 오래도록 동떨어진 것을.
눈에 가득 아름다운 시들을 펼쳐 놓아도,
천금처럼 귀한 건 다만 한 편뿐.

진정한 은자[1] 노시인이 나온 뒤에

---

* 조선조 중종의 부마인 송인(宋寅, 1517-1584)을 가리킨다. 송인의 자는 명중(明仲), 호는 이암(頤庵), 본관은 여산(礪山)이며, 질(軼)의 손자이자 지한(之翰)의 아들이다. 중종의 셋째 서녀 정순옹주(貞順翁主)와 혼인하여 여성위(礪城尉)가 되었으며, 명종 때 여성군(礪城君)이 되었다. 시호는 문단(文端)이다.

** 洪彦弼, 1476-1549.

1) 어설픈 은자는 산속에 숨고[小隱隱陵藪], 진정한 은자는 저잣거리에 숨는다[大隱隱朝市]는 말이 있다.

연성벽[2]의 값이 절로 떨어졌네.
꾸미지 않은 시문[3]은 뭇 글들 속에 홀로 아름답고,
천리마는 뭇 말들 속에 우렁차게 울부짖네.
잔잔한 물은 서재를 환히 비치고,
구름 낀 바위는 푸른 시내를 굽어보네.
학은 속세를 멀리 벗어나 높이 나는데,
어찌 둥우리 속의 닭과 벗을 삼으랴.

예전의 어진 선비 한퇴지가
어찌 태전 스님과 절교를 하였으랴.
거리낌 없이 진정으로 존숭하였고,
시를 논한 것도 따를 수 있었네.
최고의 고승[4]이 감싸주고,
보배로운 비결이 비와 구름처럼 드리우네.
후일 조정[5]에서는

---

2) 귀중한 옥인 화씨벽(和氏璧)을 말한다. 중국 전국시대 때 조(趙)나라 혜문왕(惠文王)이 소장하고 있었는데, 진(秦)나라 소왕(昭王)이 15개의 성(城)과 맞바꾸자고 청한 데에서 연성벽(連城璧)이라는 이름이 유래되었다.

3) 원문의 천파(天葩)는 천연의 아름다운 꽃이란 뜻으로, 아름다운 시문(詩文)을 비유한 것이다.

4) 원문의 용상(龍象)은 덕과 학식이 높은 승려를 용이나 코끼리의 위력에 비유하여 이르는 말이다.

5) 원문의 동화(東華)는 황궁의 동문인 동화문(東華門)으로, 조정을 가리키는

그대를 생각하며 다들 그리워할 걸세.

次礪城遊楓岳諸詩韻 三首

此身要無累 何處不安便 人世榮枯境 浮雲起滅然
脫塵看絶識 與俗久相懸 滿眼開群玉 千金直一篇

大隱詩翁後 連城價自低 天葩餘獨艶 驥步絶群嘶
止水明齋閣 雲巖俯碧溪 高飛遠塵鶴 詎肯友籠鷄

昔賢韓吏部 肯絶太顚師 不礙誠堪尙 論詩亦可隨
上乘龍象護 寶訣雨雲垂 他日東華土 懷君費百思

-《默齋集》권2.

말이다.

보원 스님의 선물에 사례하며

신광한*

동쪽 변방의 가파른 산세[1]가 대관령을 가로질러,
발해의 파도가 끊임없이 치는 것을 굽어보네.
우리 스님은 멀리 은둔처[2]에 계셔서,
한번 안개와 노을[3]에 들면 행적이 아득하네.
일찍이 매화 필 때 나를 찾아온 일 생각하니,
밤에 넘실대는 바닷가의 옛 객관 문을 두드렸지.
바람 이는 너른 소매에 절룩이는 나귀를 타고,
손에는 나의 벗 석헌[4]의 편지를 들고 있었지.
찾아오는 발자국 소리는 한퇴지[5]를 달래기에 족하였고,
태전 스님[6]도 승려[7]임을 드러내었지.

---

* 申光漢, 1484-1555.

1) 원문의 절알(巀嶭)은 산이 가파른 모양을 말한다.

2) 원문의 원학서(猿鶴棲)는 원숭이나 학이 깃들이는 외딴 곳을 말한다.

3) 원문의 연하(煙霞)는 고요한 산수의 경치를 비유적으로 이르는 말이다.

4) 조선조 중종 때의 문신인 유옥(柳沃, 1487-1519)의 호. 유옥의 자는 계언(啓彦), 본관은 문화(文化), 문표(文豹)의 아들이며, 시호는 정간(靖簡)이다.

5) 작자 자신을 한유에 빗대어 말한 것이다.

6) 보원을 태전에 빗대어 말한 것이다.

담담히 한 번 헤어진 후 구름만 아득하여,
북쪽을 바라보니 오대산이 금강산으로 이어졌네.
오늘 아침 산에서 사람 보낸 걸 보니,
산 사람도 아직 홍진의 티끌을 버리지 못한 듯.
은근히 안부 묻고 봉미선[8]과 흰 미투리[9]로
좋은 선물 주셨네.
스님이 이런 선물 주신 것은 뜻이 있을 터,
내 공명의 굴레에 생각이 미치자 오히려 풀 수 있었네.
부채로 내게 부는 서풍의 티끌[10]을 막아내고,
미투리 신고 나더러 산 사람을 찾아오라는 뜻임을.
산 사람이여, 길이 좋은 관계로 지냅시다,
내 머지않아 내 낀 수풀[11]에서 늙고 싶으니.

---

7) 원문의 치곤류(緇髡類)는 머리 깎고 승복을 입은 승려를 가리킨다.

8) 봉황새의 꽁지 모양으로 만든 부채를 말한다.

9) 원문의 망혜(芒鞵)는 망혜(芒鞋)라고도 하는데, 마혜(麻鞋)의 잘못이다. 마혜는 삼실로 짚신처럼 엮은 신발로 '미투리'라고 한다.

10) 중국 진(晉)나라의 권신 유량(庾亮)의 자(字)는 원규(元規)인데, 그가 있는 서쪽에서 바람이 불어 티끌을 날리면[西風塵起], 왕도(王導)가 항상 부채로 얼굴을 가리면서 "원규의 먼지가 사람을 오염시킨다.[元規塵汚人]"라고 말했다는 고사가 전한다.

11) 원문의 연림(煙林)은 벼슬길과 상대적인 의미에서의 산수자연을 말한다.

五臺山僧普願 寄尾扇與芒鞋 謝答

東紀巀嶭橫大關 俯臨渤海波漫漫
吾師遠攀猿鶴棲 一入煙霞行跡迷
憶曾訪予梅花時 古館夜扣滄海湄
風吹方袖騎蹇驢 手持吾友石軒書
跫音足慰韓吏部 太顚亦出緇髡類
居然一別雲茫茫 北望五臺連金剛
今朝有使山中來 山人亦未遺塵埃
殷勤問訊貺又佳 鳳尾之扇青芒鞵
師乎贈我意有在 及我名韁猶得解
扇以障我西風塵 鞵以訪我山中人
山中人兮永相好 早晚煙林吾欲老

-《企齋集》권5. 關東錄

일본 부사의 시에 화답하여

신광한*

하늘이 이미 열흘에 걸쳐 알려주기를,
남두의 문성[1]이 북극성[2]을 찾아왔다고.
상례와 제례[3]에서 거듭 보며 생각하고,
사신 맞는 자리에서 두 명신을 다시 만나게 되었네.
부합하는 서로의 뜻은 능히 통돌[4]이 될 수 있고,
뜬구름 같은 인생은 윤회[5]를 할 수 있네.
한유가 옷을 남긴 뜻은 얄팍하지 않아,
태전도 응당 우리의 뜻을 알리라.

---

* 申光漢, 1484-1555.

1) 남두(南斗)는 두성(斗星)이라고도 하며, 궁수자리에 있는 국자 모양의 여섯 개의 별이다. 북두칠성의 모양을 닮은 데서 이름이 유래하며 장수(長壽)를 주관하는 별로 전해진다. 문성(文星)은 문단에서 혜성처럼 명성을 떨친 문인(文人)을 비유적으로 이르는 말이다. 곧 일본에서 온 사신을 가리킨다.

2) 원문의 북신(北辰)은 북극성(北極星)의 다른 말로, 여기서는 조선 조정을 가리킨다.

3) 명종 원년(1546) 10월에 안심(安心)과 국심(菊心) 등 일본승려가 중종과 인종의 조문 사신으로 입국했다는 기사가 보인다.

4) 원문의 통석(通石)은 다른 것과 이어 붙이지 아니한 통짜로 된 돌, 곧 통돌을 말한다.

5) 원문의 전륜(轉輪)은 불교용어로, 윤회(輪迴)와 같은 뜻이다.

又和日本副使韻 第二首

天監奏報已連旬 南斗文星客北辰
喪祭疊看三思使 禮筵重拜二名臣
還將道契能通石 自擬浮生可轉輪
韓子留衣情不淺 太顚應亦識吾倫

-《企齋集》권9.

스님에게

노수신*

바쁜 가운데 서울에서 만나,
여유롭게 영남[1]에서 노닐었네.
술은 문창[2]을 따라 취하고,
옷은 태전에게 남겨 두려 하였네.
사물의 뜻은 시절에 따라 응하고,
사람의 시름은 늦가을에 깊어지네.
고신[3]의 눈물은 남녘에 방울지고,
만사는 물처럼 동쪽으로 흐르네.

---

* 盧守愼, 1515-1590.

1) 원문의 영교(嶺嶠)는 고갯마루라는 뜻이나, 영남(嶺南)의 뜻으로도 쓰인다.

2) 문창은 당나라 때의 승려다. 한유는 〈문창 스님을 송별하는 서문[送浮屠文暢師序]〉에서 "그가 만약 불가의 설을 듣고 싶었다면 자기 스승에게 가서 물을 것이니, 어찌 우리 유가의 무리에게 와서 청하겠는가. 그가 우리의 군신 부자의 의리와 예악 문물의 성대함을 보고서 마음으로 흠모하나 그들의 법에 구애되어 들어오지는 못하고 유가의 설 듣기를 좋아하여 청하는 것이다."라고 하였다.

3) 고신(孤臣)은 임금의 신임이나 사랑을 받지 못하는 신하를 말한다.

贈僧

草草京華遇 悠悠嶺嶠遊 酒從文暢醉 衣欲太顚留
物意應時序 人愁又季秋 孤臣淚南滴 萬事水東流

-《蘇齋集》권6.

장난삼아 옥루선에게

송인*

헤어질 때 띠를 풀어 옷 대신 남겨두니[1],
이것으로 가는 허리 한 둘레 둘러보라.
상상컨대, 단장 마쳐 더욱 예뻐졌을 때,
뉘에게 끌려 비단 휘장으로 들어가려나.

戲贈玉樓仙

臨分解帶當留衣 教束纖腰玉一圍
想得粧成增宛轉 被誰牽挽入羅幃

-≪頤庵遺稿≫권2.

---

* 宋寅, 1517-1584.

1) 한유가 태전에게 옷을 남겼다는 고사를 응용하여, 작자는 기생에게 옷 대신 띠를 정표로 남긴다는 뜻이다.

천연* 스님에게

양사언**

장진[1] 혜원 태전 스님,
이백 도연명 한퇴지,
이들은 당시 방외의 벗이었는데,
어찌 마음의 자취가 서로 달랐다[2]고 하랴.

贈天然

藏眞惠遠太顚師 李白淵明韓退之
等是當年方外友 詎論心跡兩參差

-《蓬萊詩集》권1.

---

* 조선조 선조 때의 승려로, 지리산의 음사(淫祠)를 불태운 것으로 유명하다.

** 楊士彦, 1517-1584.

1) 당나라 때의 고승인 회소(懷素, 725-785)의 자(字)다. 회소는 초서의 대가로 술에 취해 마구 휘갈겨 썼다고 한다.

2) 원문의 참치(參差)는 길고 짧고 들쭉날쭉하여 가지런하지 않은 모양을 말한다.

총견원[*] 옥보[**] 스님의 시를 차운하여

김성일[***]

가을 내내 바닷가에 머무른 채 못 떠나니,
물 걱정 바람 걱정이 나그네의 시름을 더하누나.
스님께서 오래도록 선정에 든 게 부럽나니,
애당초 가사 위엔 속세 티끌이 붙지 않네.

패옥[1]과 의복[2]이 어쩌면 그리 눈부시게 아름다운가[3],
국외에서 만날 줄은 기약조차 못 했었네.
토산물[4]로 옷을 남긴 미쁨을 표하나니,
이슬 내리고 가을바람 불어 석별하는 때이네.

---

* 일본 교토(京都)에 있는 사찰이다.

** 일본의 승려인 교쿠호 조소(玉甫紹琮, 1546－1613)를 가리킨다.

*** 金誠一, 1538-1593.

1) 원문의 하패(霞佩)는 본디 신선이 차는 패옥(佩玉)을 뜻하는데, 패옥을 고상하게 이르는 말로 쓰인다.

2) 원문의 운상(雲裳)은 구름을 옷으로 삼았다는 뜻으로 신선의 옷을 말하는데, 의복을 고상하게 이르는 말로 쓰인다.

3) 원문의 육리(陸離)는 여러 빛이 서로 뒤섞이어 눈이 부시게 아름다운 것을 말한다.

4) 작자는 "누런 삼베 한 단을 옥보에게 주었다."고 하였다.

次摠見院僧玉甫韻

三秋留滯海天涯　愁水愁風客恨加
却羡道人長入定　俗塵元不上袈裟

霞佩雲裳何陸離　相逢海外豈曾期
土宜聊表留衣信　玉露金風惜別時

-《鶴峯逸稿》권2.

고계[*] 장로에게 삼베 등을 선물하며

김성일[**]

객중에 세월 흘러 가을빛이 다 저무니,
이역만리 나그네의 회포를 원공[1]에게 의탁했네.
바닷가에 옷 남긴 건 천고의 일이거니,
떠나면서 고작 그것으로 속마음을 표하였네.

패엽에다 불경을 전하고 감잎에다 시를 쓰며[2],
배고프면 제수[3]를 먹고 목마르면 차 마셨네.
모영[4]의 후손을 그대에게 보내노니,

---

* 일본의 승려인 고게이 소우친(古溪宗陳, 1532-1597)을 가리킨다.

** 金誠一, 1538-1593.

1) 진(晉)의 고승 혜원 법사(慧遠法師)를 가리킨다. 여기서는 고계 장로를 혜원에 빗대어 가리키는 말로 쓰였다.

2) 패엽은 인도에서 자라는 패다라(貝多羅)나무의 잎으로, 여기다가 불경(佛經)을 썼다. 또 당나라 때 정건(鄭虔)은 시(詩)·서(書)·화(畫)에 뛰어나서 정건삼절(鄭虔三絕)이라고 일컬어졌는데, 일찍이 글씨를 연습할 종이가 부족한 것을 걱정하고 있던 차에 자은사(慈恩寺)에 감잎이 많다는 말을 듣고는 그 절에 가서 묵으면서 감잎에다가 글씨를 연습하였다고 한다.

3) 원문의 이보(伊蒲)는 불교에서 남자 신도를 지칭하는 이보새(伊蒲塞)를 말한다. 이보새는 범어 upāsaka의 음역이다. 남자 신도가 재(齋)를 올릴 때 바치는 음식을 이보찬(伊蒲饌)이라고 한다.

시표[5] 띄워 많은 시를 아낌없이 부치게나.

黃布一段及紙筆以與古溪長老

客中斷送秋光盡 萬里羈懷托遠公
海上留衣千古事 臨行聊以表深衷

經傳貝葉詩題柿 飢有伊蒲渴有茶
毛穎雲孫今遣去 詩瓢莫惜寄來多

-《鶴峯逸稿》권2.

---

4) 붓의 이칭(異稱)이다.

5) 시표(詩瓢)는 시를 담아서 보내는 표주박이다. 당나라 때의 시인인 당구(唐球)가 시를 지어서는 큰 표주박에다가 넣어 두었는데, 그 뒤에 몸이 병들자 이를 강물에다가 던지면서 말하기를, "이 시가 참으로 가라앉지 않는다면, 이를 얻어서 내가 고심하였다는 것을 아는 사람이 있을 것이다." 하였다.

제목 미상

이산해*

최선[1]을 못 본 지 하마 일곱 해,
그리움에 머리와 구레나룻이 하얗게 셌네.
파산[2]의 빗줄기에 편지가 반나마 젖었는데,
새로 쓴 시 한 편을 태전 스님에게 보내네.

不見崔仙已七年 相思頭鬢各皤然
華牋半濕坡山雨 一首新詩送太顚

-崔慶昌, 《孤竹遺稿》[3]

---

* 李山海, 1539-1609.

1) 조선조 선조 때의 시인인 최경창(崔慶昌, 1539-1583)의 문집에 실려 있는 것으로 보아 최경창을 가리키는 듯하다. 최경창의 자는 가운(嘉運), 호는 고죽(孤竹), 본관은 해주(海州), 수인(守仁)의 아들이며, 박순(朴淳)의 문인이다. 이이(李珥), 송익필(宋翼弼), 최립(崔岦), 백광훈(白光勳), 윤탁연(尹卓然), 이산해(李山海), 이순인(李純仁)과 함께 무이동(武夷洞 : 지금의 마포구 성산동)에서 시를 주고받으며 우의를 맺으니 사림이 '팔문장계(八文章契)'라고 일컬었다.

2) 경기도 파주(坡州)를 가리킨다.

3) 이 시가 이산해의 문집인 《아계유고(鵝溪遺稿)》에는 실려 있지 않고, 최경창의 《고죽유고(孤竹遺稿)》에 〈중증보운(重贈寶雲)〉이라는 시 뒤에 "아계

의 시를 차운하여[次鵝溪]"라고 밝혔다. 아계와 고죽의 시는 정윤목(鄭允穆, 1571–1629)의 ≪청풍자집(淸風子集)≫권1.에 약간의 글자가 바뀐 채 모두 정윤목이 사명당에게 지어준 시로도 실려 있다.

설영의 시권에
설영은 계징 장로의 제자다

최립**

세상일로 늙어 가며 피곤한 채로 미적미적,
돌아간들 문 닫고서 드러누울 집이나 있나.
길만 바쁘게 쏘다니다 어느새 저문 세월이요,
성곽[1]을 다시 찾았어도 옛사람들은 아니더라.
머리 기른 스님과 우연히 지팡이 함께 짚고,
절간의 뜰을 밟아 본 게 정말 얼마 만이던가.
그대들 사제 간의 후한 대접을 받았는데,
졸렬한 시가 어떻게 태전에게 준 옷을 당하리오.

머리 기른 스님은 안 거사(安居士)를 가리킨다.

雪英卷 澄之弟子

老於供世疲依違 歸又無家堪掩扉

---

* 崔岦, 1539-1612.

1) 평양성(平壤城)을 말한다.

一在道塗歲月暮　重遊城郭人民非
髮僧杖屨不期共　蕭寺房櫳曾見稀
時汝師生厚意足　惡詩得當留顚衣

髮僧 指安居士也.

-《簡易集》권8.

청 산인과 정 산인에게

조호익*

한퇴지는 태전과 서로의 뜻이 통했지만,
구담[1]의 도를 스승 삼은 것은 아니었네.
우리들을 낳고 기름은 본디 유래가 있는 것이니,
우리 도로 곤내[2]를 교화하고 싶어라.

贈淸靜兩山人

太顚韓子相知意 不是瞿曇道可師
生養吾人元有自 欲將斯敎化髡耏

-《芝山集》권1.

---

* 曺好益, 1545–1609.

1) 구담(瞿曇)은 범어(梵語) ‘Gautama’의 음역(音譯)으로, 석가모니(釋迦牟尼)의 성(姓)인데, 흔히 석존(釋尊)을 가리키는 말로 쓰인다. 구담(俱譚), 구담(具譚), 교답마(喬答摩)라고도 표기한다.

2) 곤내(髡耏)는 머리를 빡빡 미는 형벌을 말하는데, 여기서는 승려를 가리키는 말로 쓰였다.

준 상인의 시축에

오억령*

준 스님, 스님은 어째서 오악을 유람하지 않으셨나요,
오셔서 한 골짜기 한 봉우리를 지켜주세요.
오봉[1]의 전신은 사곤인 듯 산수간에 노닐고[2],
스님 또한 정후[3]나 원혜[4]와 동류인 듯.
하늘이 양기[5]를 낼 땐 반드시 서로 찾게 하나니,
비단 이곳 화곡[6]의 그윽함만 사랑하는 건 아니리.

---

* 吳億齡, 1552-1618.

1) 조선조 인조 때의 문신인 이호민(李好閔, 1553-1634)의 호다. 이호민의 자는 효언(孝彦), 본관은 연안(延安), 국주(國柱)의 아들이다. 시호는 문희(文僖)다.

2) 원문의 사유여(謝幼輿)는 중국 동진(東晋) 때의 죽림 칠현(竹林七賢)의 한 사람인 사곤(謝鯤)으로, 유여는 그의 자다. 원나라 때의 명필인 조맹부(趙孟頫)가 그린 〈사유여구학도권(謝幼輿丘壑圖卷)〉이 있다.

3) 원문의 경상(景常)은 남송(南宋) 때의 문인인 정후(鄭厚, 1100-1161)의 자다. 정후는 사촌동생인 정초(鄭樵, 1104-1162)와 더불어 명산대천에 유람하기를 즐겼다고 한다.

4) 원혜(元慧, 819-896)는 당나라 때의 승려로, 오군(吳郡) 사람이고, 속성(俗姓)은 육(陸)씨다. 일찍이 왼쪽 엄지손가락을 태우면서 『법화경(法華經)』을 구송(口誦)했는데, 손가락이 한 달도 지나지 않아 다시 돋아났다. 당시 사람들이 삼백화상(三白和尙)이라 불렀다.

5) 남다른 사람(기인[奇人])과 빼어난 경치.

화곡도 당시엔 새로 정한 땅이라,
솔과 가래나무 미처 자라지 않아 가시나무 개암나무만 무성했었네.
십 년 시주[7] 받은 힘을 아끼지 않고,
손수 승방[8]을 열어 황폐한 밭을 개간하였네.
토구[9]와 승구[10]가 없지 않으나,
스님은 일일이 선생을 위해 도모하였네.
스스로 말하길, "바위굴에 거처하는 사람은
이름을 바람에 꺼지는 물거품처럼 지워야 하고,
청운[11]에 뜻을 부친 선비는
천지와 더불어 이름을 남겨야 한다."고.
한유는 태전 스님을 존경하였고,
포생[12]은 탕휴[13] 스님을 존중하였네.

---

6) 경기도(현재의 개성직할시) 개풍군 영남면 현화리 화곡서원(花谷書院)이 있던 곳이다. 작자는 개성유수(開城留守)를 지낸 일이 있다.

7) 원문의 단월(檀越)은 자비심으로 조건 없이 절이나 승려에게 물건을 베풀어 주는 일인 시주(施主)를 말한다.

8) 원문의 운방(雲房)은 승려나 도사가 거처하는 방을 말한다.

9) 토구(菟裘)는 노(魯)나라의 고을 이름이다. 노 은공(魯隱公)이 말하기를, "토구에 별장을 경영하라. 내 장차 거기에 가서 늙으리." 하였으므로, 은퇴해서 살 곳을 뜻한다.

10) 승구(勝具)는 명승(名勝)을 찾는 데 필요한 도구로, 튼튼한 다리를 가리킨다.

11) 청운(靑雲)은 높은 지위나 벼슬을 비유적으로 이르는 말이다.

내가 천자를 따름도 또한 이와 같은데,
어느새 노년을 보내는 것이 무슨 한이랴.
아아, 세상에 어찌 다시 스님처럼 어진이가 계실까.
어진 곳을 가려 거처하지 않는다면[14] 뉘우침과 허물이 많으리라.

次五峯韻題俊上人軸

俊師汝胡不爲五嶽遊 來守一壑與一丘
峯老前身謝幼輿 師亦景常元慧流
天生兩奇必相求 不獨愛此花谷幽
花谷當時新卜地 松楸未長荊榛稠
不惜十年檀越力 手闢雲房理荒疇
菟裘勝具無不有 一一師爲先生謀
自言身居巖穴者 名湮滅如風中漚
一附靑雲士 天壤名同留

---

12) 중국 남조(南朝) 송(宋)나라 때의 시인인 포조(鮑照, 414?-466)를 가리킨다. 자는 명원(明遠)이고, 이름은 소(昭)로도 쓴다. 참군직을 지내 포 참군(鮑參軍)으로도 불린다.

13) 원문의 혜휴(惠休)는 중국 남조 송나라 때의 시승(詩僧)이다. 본디 이름이 탕휴(湯休)라서 당시 사람들은 휴상인(休上人)이라 불렀다.

14) 《논어》 이인편에 "인후한 마을에 사는 것이 좋으며, 그러한 곳을 택하여 살지 않으면 어찌 지혜롭다 하리요.[里仁爲美 擇不處仁 焉得知?]"라는 말이 있다.

韓公高太顚 鮑生重惠休
我從天子亦如此 何恨於焉送白頭
嗚呼世豈復有如師賢 擇不處仁多悔尤

-《晩翠集》권3.

월사가 거울을 보고 스스로 탄식한 시에 차운하여

이항복*

긴 여행길에 여윈 얼굴 종들에게 물어 보다가,
거울보고야 비로소 매우 수척해진 걸 알았네.
8년 말 타고 다니던 사이 피골만 앙상한데,
거친 베가 아직도 병든 몸을 싸고 있구나.
머리가 늙은 태전의 대머리와 같으니,
영화는 얻기 어렵고 남은 삶이나 기다려야지.
튼튼한 성 아래서 옛집의 기억을 더듬어보니,
잡초 우거진 울 밑에 두 이랑의 밭이 있었네.
시름 속에 노쇠함은 한시가 바쁘게 찾아오고,
귀밑의 청춘[1]은 나날이 사라져만 가누나.
양주의 봄꿈에서는 이미 스스로 깨어났으니,
기생들아, 나를 대상부 아니라 비웃지 마라[2].

---

* 李恒福, 1556–1618.

1) 원문의 소화(韶華)는 화창한 봄의 경치, 젊은 시절, 젊은이처럼 윤택이 나는 늙은이의 얼굴빛 등을 뜻한다.

2) 당나라 때의 시인 두목(杜牧)이 일찍이 양주 자사(揚州刺史)로 있을 때 많은

머리털은 엉성하게 뿌리 뽑힌 쑥처럼 바람에 나부끼고,
난리 겪은 모습은 노환으로 위독하구나.
얼굴에 기름기 돌고 수염 검어질 일은 다시 없으려니와,
발그레한 얼굴 검푸른 머리가 그 얼마나 오래 가랴.
인생은 한번 늙어지면 다시 젊어질 수 없는데,
꽃 피는 걸 보자마자 봄이 벌써 다해 버렸네.
옥하의 물이 북으로 흘러 올라가는 날에는,
아마도 주름진 낯이 젊은 얼굴로 변하겠지.
푸르뎅뎅한 얼굴 앙상한 뼈는 아마 내가 아닌 듯,
누가 이 파리한 꼬락서니를 거울 속에 보냈는가.
귀밑가의 흰 털은 시름 때문에 일찍 났으니,
인간의 백발 또한 공평한 것은 아니로구나.

次月沙覽鏡自歎韻

長路衰容問僕夫 臨銅始覺十分癯
八年鞍馬空皮骨 疏布猶纏一病軀
頭似童童老太顚 榮華難得待餘年
尋思舊屋堅城下 草沒籬前二頃田

기생들과 사귄 적이 있었다. 후일 그의 〈견회(遣懷)〉시에, "10년 만에 한 번 양주의 꿈을 깨고 나니, 기생들에게 박정하단 이름만 지치도록 얻었네[十年一覺揚州夢 贏得靑樓薄倖名]."라고 한 데서 온 말이다.

愁中暮律駸駸急　鬢上韶華日日無
春夢揚州已自覺　靑樓且莫笑非夫
頭顱蕭颯轉蓬飛　亂後形容老病危
膏面染鬚無復有　朱顔綠髮幾多時
人生一老更難少　纔見花開春已闌
待得玉河流向北　只應皺面變韶顔
蒼顔瘦骨疑非我　誰遣羸形落鏡中
鬢雪偏從愁處早　人間白髮亦非公

-《白沙別集》권5.

산으로 돌아가는 신 스님에게

이수광*

묻노니 어느 때쯤 동천[1]으로 가시려는지,
묘향산[2]의 누각에는 선경[3]인 듯 내가 끼었네.
새벽엔 썰렁한 석장[4] 날려 구름 뚫고 나가고,
밤이면 찬 샘물에 씻고 바위에 기대 잠든다네.
맑은 풍경소리 꽃밭 너머 절에 흩어지고,
옥 생황 부는 소리 달 속 신선에게 들려오네.
만나보고 따라갈 수가 없으니,
보중하라며 새 시를 지어 태전스님[5]에게 드리네.

贈信師還山

借問何時到洞天 妙香樓閣赤城煙

---

* 李睟光, 1563-1628.

1) 신선이 산다는 명산의 골짜기를 말한다. 여기서는 묘향산의 골짜기를 가리킨다.

2) 평안북도 영변군에 있는 산.

3) 원문의 적성(赤城)은 단양(丹陽)과 함께 선계(仙界)를 가리키는 말이다.

4) 석장(錫杖)은 승려가 시주를 받으러 다닐 때 짚고 다니는 지팡이를 말한다.

5) 여기서는 신 스님[信師]을 태전에 빗대어 말한 것이다.

晨飛冷錫穿雲出 夜漱寒泉倚石眠
金磬響分花外寺 玉笙吹徹月中仙
相逢未得相隨去 珍重新詩贈太顚

-《芝峯集》권4.

태감* 상인에게

이수광**

돌아보니 나는 한유가 아니로되,
만난 스님은 바로 태전 선사[1]일세.
나는 이제 홍주목사가 되었고,
스님은 바닷가에서 오래도록 참선해 왔네.
비석[2]하는 길 하늘엔 조각달이 떠 있고,
참선하는 자리 가에는 구름이 한가하네.
보중하라는 뜻을 시로 남겨,
담담히 인편에 전한다네.

「홍양록」의 '홍양'은 홍주의 다른 이름이다. 무신년(1608) 정월부터 기유년(1609) 4월까지 홍주목사로 재직하였다.

---

* 조선조 광해군 때의 승려로, 불상 조각에 뛰어나 현재 서울 종로구 창신동 지장암 대웅전의 삼신불상(三身佛像) 중 중앙에 있는 목조 비로자나불 좌상을 조성하는 데 참여하였다.

** 李睟光, 1563-1628.

1) 여기서도 태감 상인을 태전에 빗대서 말한 것이다.

2) 원문의 비공(飛筇)은 비석(飛錫)과 같은 말이다. 석장(錫杖)을 짚고 날아다닌다는 뜻으로, 승려나 도사가 순례하러 돌아다니는 것을 말한다.

贈太鑑上人

顧我非韓愈 逢僧是太顚 洪陽今刺史 海上舊參禪
片月飛筇外 閑雲坐榻邊 留詩珍重意 却怕有人傳

洪陽錄 洪陽 洪州別名. 起戊申正月 止己酉四月.

-《芝峯集》권13.

현 상인에게

강항*

스님께서 세상에 태어난 지 50년,
어린아이 같은 얼굴은 늙지 않아 발그레하네.
물 한 병과 밥 한 바리때에 생애를 맡기고,
나는 새, 떠가는 구름과 앞서거니 뒤서거니 가네.
기이한 것 찾느라 거리낌 없이 가고 또 가며,
연승[1]을 이미 다하니 심오하고 또 심오하도다.
삼천의 세계를 대략 모두 짐작하여 알아차리고,
팔만의 봉우리를 마음대로 휘어잡고 올랐도다.
마음이 내키는 곳마다 지팡이를 멈추었는데,
사공의 띠집[2]은 번번이 세 칸짜리 집.
때때로 파계하여 안 하던 짓을 하니,
그 손에서 나온 구절구절 수많은 이 전하네.

---

* 姜沆, 1567-1618.

1) 연승(演乘)의 '연'은 넓히거나 넓게 미치도록 하는 것이고, '승'은 중생을 태워 깨달음의 세계에 이르도록 한다는 뜻이다.

2) 두보의 〈사상인모재(巳上人茅齋)〉라는 시에 "사공의 띠집 아래서 신시를 읊을 수 있네.[巳公茅屋下 可以賦新詩"라는 대목이 있다.

영사가 꽃과 달 아래서 술에 취하여 육박[3]하며,

효 나와라, 노 나와라 고래고래 지르던 고함은 본받지 않네[4].

법석에서 용상[5]으로 제일의[6]를 설법하니,

천녀[7]도 내려와 살펴보는데 얼굴이 연꽃 같네.

여사[8]로 하는 단청이라도 힘으로 되는 것이 아니니,

장승요[9]를 이에 견주게 할 수는 없겠지.

화폭[10]이 쇠 문턱[11]에 넘쳐 나와,

---

3) 육박은 윷놀이와 비슷한 유희로, 오목(五木)이라는 주사위를 사용한다. 오목은 살구씨 모양으로 양쪽 끝은 뾰족하고, 던지면 뱅글뱅글 돈다. 한 쪽엔 흰색, 한 쪽엔 검은색을 칠하고, 흰색에는 꿩을 검은 쪽엔 송아지를 그려 놓았다. 다섯 개를 한꺼번에 던져 다섯 개 모두가 검은 것이 나오면 노(盧)라 해서 6점으로 가장 높고, 다섯 개 모두가 흰 것이 나오면 효(梟)라 해서 가장 낮은 1점으로 친다.

4) 한유(韓愈)의 〈영 스님을 보내며[送靈師]〉라는 시에, "바둑 둘 땐 흰 것 검은 것 다투며, 죽고 사는 것을 기회에 따라 하네. 육박은 한 번 던지면 결정되므로, 효 나와라 노 나와라 고래고래 고함지르네.[圍棋鬪白黑 生死隨機權 六博在一擲 梟盧叱迴旋]"라고 하였다.

5) 불교에서 덕과 학식이 높은 승려를 용이나 코끼리의 위력에 비유하여 이르는 말이다.

6) 불교에서 가장 뛰어나고 참된 도리, 곧 궁극의 진리를 가리키는 말이다.

7) 비천(飛天). 하늘을 날아다니며 하계 사람과 왕래한다는 여자 선인(仙人)을 말한다.

8) 그다지 중요하지 않은 일을 말한다.

9) 중국 남북조시대 양(梁)나라 오현(吳縣) 출신의 화가다. 자는 경우(景猷), 호는 오원(吾園) 또는 취명거사(醉瞑居士)다. 일찍이 궁정의 비각(秘閣)에서 그림을 관장했으며, 우군장군(右軍將軍)과 오흥태수(吳興太守)를 지냈다. 양 무제가 불교를 장려하면서 사찰을 짓고 탑묘(塔廟)를 장식했을 때 장식화를 그리게 했다. 불화와 도석인물(道釋人物)을 장대한 규모로 그렸다.

변하더니 인도의 서왕국[12]을 만들어 내네.
명산대찰이 대략 몇 백이나 되는가,
수놓은 화폭이 무릇 몇 천이나 되는가?
팔만의 관음보살과 시방[13]의 부처에다가,
겸하여 혼백을 부리는 신의 채찍까지,
살아 있는 붓이 낱낱의 낯선 모습을 그려내니,
신령스런 빛은 여러 산꼭대기를 비추네.
나는 조용한 사람인지라 속인들이 싫어서,
방외의 사귐으로 선승들을 좋아하였네.
분명하게 바라볼 뿐 만나지를 못하니,
환한 달이 허공에 걸려 있는 듯하구나.
올봄에 나를 찾아와 굳이 시를 찾으며,
나를 일러 풍소[14]에 노련한 사람이라 추켜세웠네.

---

10) 원문의 전마(牋麻)는 그림을 그리는 종이나 천을 뜻한다.

11) 원문의 철문한(鐵門限)은 쇠로 된 문지방을 말한다. 중국 남조(南朝) 진(陳)나라 때 지영선사(智永禪師)가 오흥(吳興) 영흔사(永欣寺)에 갔었는데, 글씨를 청하러 오는 사람들이 워낙 많이 모여들어서 그의 문지방이 모두 닳아져 없어지므로, 쇠[鐵]로 문지방을 포장하였다는 고사가 있다.

12) 원문의 신독천(身毒天)은 천축(天竺), 곧 인도(印度)를 가리키고, 서왕(西王)은 인도에 있는 나라 이름이다.

13) 사방(四方), 사우(四隅), 상하(上下)를 통틀어 일컫는 말로, 온 세상을 뜻한다.

14) 《시경(詩經)》의 국풍(國風)과 《초사(楚辭)》의 이소(離騷)라는 뜻으로, 시가와 문장을 아울러 이르는 말이다. 시문을 지으며 노는 풍류를 일컫기도

내가 풍소에 능하다고 어찌 감히 말하리,
평생토록 삼생[15]의 허물을 벗지 못했네.
교룡과 호랑이 표범의 굴에서,
툭툭 물에 떨어지는 종이연[16] 눈에 익었네.
사로잡혔던 신하 유골만 돌아와도 천은이러니,
내 분수대로 오래도록 세상에 버려져야겠네.
평생의 옛 친구들은 새벽별처럼 스러지는데,
남들에게 진정 착하게만 대하는 그대를 보면 부끄럽구나.
소나무 같은 정신에 학 같은 모습이니,
선문의 돌아가는 분위기가 애처롭구나.
행장을 풀고 또 다시 수백 편의 시를 얻으니,
모두가 글 잘 짓는 명현들이 지은 것이네.
그 중 조기루[17]의 시 같은 것이 가장 많으니,

한다.

15) 불교에서 전생(前生), 현생(現生), 내생(來生)인 과거세, 현재세, 미래세를 통틀어 이르는 말이다.

16) 중국 후한(後漢)의 마원(馬援)이 남만(南蠻)을 칠 때, 그 지역이 고온다습하여 독기(毒氣)가 자욱하게 끼었기 때문에, '솔개가 날다가도 물속으로 툭툭 떨어지는 광경을 보았다.[仰視飛鳶 跕跕墮水中]'는 고사가 전한다.

17) 당(唐)나라의 시인 조하(趙嘏, 810-856?)의 별명이다. 조하의 시집 ≪위남집(渭南集)≫을 두목(杜牧)이 보다가 "새벽별 드문드문 기러기는 북쪽에 한 줄로 날고, 길게 이어지는 피리 소리 한 곡조에 사람은 누각에 기대었구나.[殘星幾點雁橫塞 長笛一聲人倚樓]"라는 구절을 보고는 조하를 '조의루'라 불렀다는 고사가 전한다.

한유가 태전을 존중함과 비슷하네.
또한 석주[18]와 덕양[19]의 시도 있으니,
짧은 율시로 주고받은 것이 어찌 그리도 정묘하고 아름다운가.
만약 문창[20]처럼 몹시 좋아하지 않았다면,
어떻게 이토록 많은 시를 얻을 수 있었으랴.
절름발이 나는 풍마[21]를 따를 뜻이 없고,
그냥저냥 세월에 맞추어 천천히 살고 싶구나.
근래에 사미승을 보내 또 재촉하기를,
다시 묘향산의 경치를 답사하고 싶다고 말하네.
묘향산의 산수는 옛적에 들었는데,
백 자나 나는 듯 흐르는 물이 긴 내에 걸렸다더군.
나만이 어째서 진흙탕 속에 있을까,

---

18) 조선조 광해군 때의 문인인 권필(權韠, 1569-1612)의 호다. 권필의 자는 여장(汝章), 호는 석주(石洲), 본관은 안동(安東), 승지 기(祺)의 손자, 벽(擘)의 다섯째아들이다. 정철(鄭澈)의 문인으로, 성격이 자유분방하고 구속받기 싫어하여 벼슬하지 않은 채 야인으로 일생을 마쳤다.

19) 조선조 중종의 다섯 째 왕자인 덕양군(德陽君) 이기(李岐, 1524-1581)를 가리킨다. 이기의 자는 백고(伯高), 어머니는 숙의이씨(淑儀李氏), 부인은 안동권씨(安東權氏) 권찬(權纘)의 딸로, 영가군부인(永嘉君夫人)에 봉하여졌다.

20) 당나라 때의 승려로, 늘 유명한 공경들을 따라다니면서 그의 뜻을 시로 읊어 주기를 요구했다고 한다.

21) 풍마우불상급 (風馬牛不相及)의 준말로, 암내 나는 마소가 짝을 구(求)하나 멀리 떨어져 있어 서로 미치지 못한다는 뜻으로, 서로 멀리 떨어져 있거나 전혀 관계가 없는 것을 이른다.

이별의 꿈을 쫓아버리고 지팡이 주변에서 시를 읊조리네.
그대가 백련사[22] 모임 마무리하길 기다릴 테니,
바로 나를 부르는 귀래편[23]이나 부쳐 주소.

贈玄上人 用玄洲韻

祖師生世五十年 童顔不老猶頳然
一甁一鉢寄生涯 飛鳥行雲爭後先
探奇不憚去復去 演乘已窮玄又玄
三千世界盡領略 八萬峯頭恣攀緣
會心隨處卓錫住 巳公茅屋輒三椽
破戒時時動新作 脫手句句千人傳
不效靈師醉花月 六博梟盧叱廻旋
法筵龍象第一義 天女下試顔如蓮
餘事丹靑非力能 不許張僧繇此肩
戔麻溢出鐵門限 幻出西王身毒天
名山大刹凡幾百 繡褾綵軸凡幾千
八萬觀音十方佛 兼之鬼馭與神鞭
活筆介介開生面 靈光照耀諸山巓

---

22) 중국 동진(東晉)의 명승 혜원(慧遠)이 384년 여산(廬山)에 동림사(東林寺)를 세우고 402년에 만든 서방(西方) 왕생(往生)의 정토(淨土) 신앙을 내용으로 하는 염불(念佛) 수행 단체다. 여기서는 현 상인이 중심이 된 불교 모임을 가리킨다.

23) 돌아오라는 시나 글을 말한다.

余爲靜者厭俗子 方外之交好幽禪
明明相望不相見 有似白月當空懸
今春訪我苦索詩 謂我風騷推老拳
我於風騷豈敢論 一生未脫三生愆
蛟龍窟上虎豹穴 目慣跕跕墮水鳶
纍臣歸骨亦天恩 自分於世成長捐
平生故舊若晨星 愧爾於人誠獨顓
松樣精神鶴般形 禪門氣味正堪憐
解裝又得詩數百 盡出翰墨諸名賢
趙倚樓詩中最多 有似韓公重太顚
更有石洲與德陽 短律唱和何精姸
倘非篤好似文暢 何能致多如是焉
蹇余無意逐風馬 欲和日月成遷延
近遣沙彌又來催 更道欲踏香山煙
香山山水夙昔聞 百尺飛流掛長川
我獨胡爲在泥滓 別夢已逐吟笻邊
待君完了白蓮社 倘寄招我歸來篇

-《睡隱集》권1.

충청도 윤 감사*의 시에 다시 화답하여

이경전**

남강에 머문 지 또 다시 한 해,
그대 그리워 보고 싶으나 멀어 인연이 닿지 않네.
우연히 지은 오두막집 쓸쓸한 절간 같은데,
어떡하면 고승을 태전이라 부르랴.
물가 모래에 달빛은 때때로 혼자 감상하지만,
역으로 가는 길의 매화 향기는 누가 전할 수 있으랴.
다만 손에 가득 남은 것은 무정한 순채[1]뿐,
오래 전부터 끊이지 않고 연달아[2] 끌어오네.

한 보따리 먹과 종이[3],

---

* 조선조 인조 때의 선비 화가인 윤의립(尹毅立, 1568-1643)을 가리킨다. 윤의립의 자는 지중(止中), 호는 월담(月潭), 본관은 파평(坡平), 국형(國馨)의 아들이다. 인조반정 후 충청도 관찰사를 역임하였다.

** 李慶全, 1567-1644.

1) 고향을 그리워하는 것을 말한다. 중국 진(晉) 나라 장한(張翰)이 가을바람을 맞고는 고향의 고채(菰菜)와 순채(蓴菜)국 맛을 그리워하며 벼슬을 곧장 그만두고 귀향했던 고사가 있다.

2) 원문의 곤곤(袞袞)은 끊임없이 이어지는 모양을 말한다.

3) 원문의 현경(玄卿)과 저생(楮生)은 먹과 종이를 달리 이르는 말이다.

펼치니 손수 쓴 글씨가 더욱 분명하네.
오랫동안 만나지 못해 궁금증이 더하다가,
맑은 시편까지 받아보고 눈 비비며 놀랐네.
중년에 어찌 좋아서 따르는 데가 없으랴만,
백두[4]가 어찌 옛 친구의 정만 하랴.
그 언제나 책상에 마주 앉아 밤새 글을 논할까,
달[5]구경을 하다 보니 어느새 지는 달이 기우네.

再次湖西伯尹止中和韻 二首

滯泊南江又一年 思君欲見遠無緣
偶成小屋如孤寺 安得高僧號太顚
月色汀沙時獨賞 梅花驛路可誰傳
唯餘滿握無情菜 不盡前頭袞袞牽

一裹玄卿與楮生 披來手字更分明
却因久闊關心苦 兼得淸篇刮眼驚
中歲豈無隨處好 白頭爭似故人情
何當對榻論文夜 看到金盆落月傾

-≪石樓遺稿≫권1.

4) 백두(白頭)는 탕건(宕巾)을 쓰지 못하였다는 뜻으로, 지체는 높으나 벼슬하지 못한 사람을 비유적으로 이르던 말이다.

5) 원문의 금분(金盆)은 달[月]을 달리 이르는 말이다.

석문*

조위한**

쌍계사[1]를 찾아서,
남여[2] 타고 골짜기에 들어섰네.
그늘진 수풀에는 엷은 안개가 끼었고,
골짜기를 벗어나니 이상한 새가 울어대네.
시냇물은 거문고 곡조를 타며 흐르고,
비석에는 먹물 흔적이 남아 있네.
혹시라도 참 신선을 만나다면,
속내를 서로 털어놓을 수 있으리.

왼종일 강가를 따라가다가,
노을 헤치며 동천[3]에 들었네.

---

* 쌍계사 입구에 양쪽에 있는 바위에 최치원이 지팡이 끝으로 썼다는 쌍계(雙磎)와 석문(石門)이라는 석각(石刻)이 있다.

** 趙緯韓, 1567-1649.

1) 경상남도(慶尙南道) 하동군(河東郡) 화개면(花開面)에 있는 절이다.

2) 남여(藍輿)는 의자와 비슷하고 뚜껑이 없는 작은 가마를 가리킨다. 승지(承旨)나 참의(參議) 이상의 벼슬아치가 탔다.

3) 산천(山川)으로 둘러싸인 경치 좋은 곳을 가리킨다.

봉우리들은 옥을 깎은 듯 푸르고,
골짜기는 우렁찬 물소리로 가득하네.
먼 데 폭포를 보니 여산이 아닌가 싶고,
고승은 태전 스님을 만난 듯하네.
고운 선생[4]은 간 곳을 알 수 없는데,
바위에 새긴 글씨만 장엄하구나.

石門 次玄洲韻 二首

爲訪雙溪寺 藍輿入洞門 翳林輕靄合 出谷怪禽喧
澗咽傳琴曲 碑殘記墨痕 眞仙如或見 心事可相論

盡日沿江岸 披霞入洞天 千峯群玉削 一壑萬雷闐
遠瀑疑廬岳 高僧見太顚 孤雲無處問 石刻但森然

-《玄谷集》권3.

4) 신라말의 인물인 최치원(崔致遠, 857-?)을 가리킨다.

약속을 지키지 않은 산승에게

강주*

산승[1]을 만난 것도 업보와 인연이 있어서인데,
능엄경[2]을 가져다주마고 언약해놓고,
구름처럼 한 번 떠난 뒤 소식도 없어,
하릴없이 한유로 하여금 태전[3]을 생각하게 하누나.

有一山僧 約贈楞嚴而竟不果

邂逅林僧有業緣 約言持贈紫霞篇
雲蹤一去無消息 空使韓公憶太顚

-《竹窓集》권1.

---

* 姜籒, 1567-1651.

1) 원문의 임승(林僧)은 산승(山僧)과 같은 말이다.

2) 원문의 자하편(紫霞篇)은 신선들의 책을 말하나, 여기서는 원 제목에서 말한 《능엄경(楞嚴經)》을 가리킨다.

3) 작자가 한유를 자신에, 태전으로 산승과는 달리 식언(食言)을 하지 않는 승려에 빗대 말한 것이다.

송운* 스님을 송별하며

정윤목**

금릉에서 헤어진 지 서른 해 만에,
이곳에서 다시 만나니 처연해지네.
지금 백련사의 노스님은 어디 계신가,
옛날 어렸던 아이의 머리에 눈이 가득 덮였네.

신선 같은 분을 못 뵌 지 하마 7년일세.
그리움에 머리와 구레나룻이 하얗게 셌네.
파산의 빗줄기에 편지가 반나마 젖었는데,
새로 쓴 시 한 편을 태전 스님에게 보내네.

---

* 조선조 선조 때의 승려인 유정(惟政)의 법호. 유정의 본관은 풍천(豐川)이고, 속성은 임(任), 속명은 응규(應奎)이며, 자는 이환(離幻), 또 다른 호는 사명당(泗溟堂 또는 四溟堂)·종봉(鍾峯), 시호는 자통홍제존자(慈通弘濟尊者)이다. 형조판서에 추증된 임수성(任守城)의 아들로, 임진왜란 때 승병을 이끌었다. 최경창(崔慶昌)의 《고죽유고(孤竹遺稿)》에는 약간의 글자가 바뀌어 이산해(李山海)가 보운(寶雲)이라는 승려에게 부친 시와 그에 차운한 최경창의 시로 실려 있다.

** 鄭允穆, 1571-1629.

贈別松雲 僧惟政號 二首

昔別金陵三十年 重逢此地卻悽然
白蓮社老今安在 舊日兒童雪滿顚

不見天仙已七年 相思頭鬢各皤然
華牋半濕坡山雨 一首新詩送太顚

-《淸風子集》권1.

오대산으로 들어가는 혜일 스님을 전송하며

이식*

산과 바다 어디인들 신선의 자취 없으랴만,
유독 오대산이 땅의 영기를 얻었도다.
선경 같은 섬 언저리엔 하늘이 가깝고,
거울 같은 호수에는 달빛이 밝구나.
구름과 비에 가장 먼저 익는 것은 돌피요,
바람과 서리에 쉽게 시드는 건 방초로다.
창려가 의복을 남겨 준 그 뜻,
다만 인정이라고만 할 수 있으랴.[1)]

送慧日比丘入五臺山 用五峯李公好閔號韻 時余荐經災疾 有感於因果之說 有下句

海岳皆仙蹟 臺山獨地靈 天臨瓊島近 月傍鑑湖明

---

* 李植, 1584-1647

1) 한유의 〈여맹상서서(與孟尙書書)〉에 "원주로 돌아올 무렵, 의복을 남겨 두어 이별의 정표로 삼았으니, 이것은 인정에서 발로된 것이요, 불교를 믿고 복덕을 구하려 함이 아니었다.[及來袁州 留衣服爲別 乃人之情 非崇信其法求福田利益也]"라는 구절이 있다.

雲水稊先熟 風霜蕙易零 昌黎留服意 可獨作人情

-《澤堂集》권1.

선문 산인에게

이경여*

일찍이 북쪽 절에 머물러,
은둔해 지내다가[1] 다시 남쪽으로 갔네.
마음은 흐르는 물 따라 고요해지고,
자취도 뜬구름처럼 정처 없었네.
풍악산[2]에는 구름을 헤치며 높이[3] 오르고,
봉래산[4]에는 술을 마시고[5] 가누나.
서른여섯의 명산[6]이

---

* 李敬輿, 1585-1657.

1) 원문의 호해(湖海)는 호수와 바다를 아울러 이르는 말이나, 강호(江湖)와 같은 뜻으로도 쓰인다. '강호'는 은자(隱者)나 시인(詩人), 묵객(墨客) 등이 은둔하여 생활하던 시골이나 자연을 말한다.

2) 가을의 금강산(金剛山)을 이르는 말이다.

3) 원문의 능운(凌雲)은 구름을 헤치고 높이 오르는 것을 말한다. 또는 구름까지 올라간다는 뜻으로, 지향하는 바가 고매함을 비유적으로 이르는 말이기도 하다.

4) 삼신산(三神山)의 하나이나, 여름철의 금강산을 이르는 말이기도 하다.

5) 원문의 범배(汎杯)는 잔을 띄운다는 뜻으로, 음주(飮酒)를 달리 이르는 말이다.

6) 서른여섯의 명산은 도가의 삼십육동천(三十六洞天)과 관련시킨 것으로, 삼십육동천은 신선이 산다는 서른여섯 곳 명산의 골짜기이다. 여기서는 금강

다만 사명산[7]에서 멀리 떨어져 한스럽네.
천하가 평안하기를 축원하고,
가슴속의 재앙을 잘라 버리리.
서울은 지척에 있고,
삼각산은 하늘을 가로질러 꽂혀 있네.
그 안에 승가사가 있어,
기세가 한성을 누르고 있네.
빈 벽을 바라보며 참선하고,
맑게 울리는 풍경소리 들으며 예불하네.
당시 나는 책 상자를 짊어지고 노닐다가,
그대가 빼어난 승려임을 알아보았지.
긴긴밤에 책과 등불을 벗 삼고,
잠이 오지 않으면 설경[8]을 들었지.
늘 부지런히 힘써 현기[9]가 고요하고,
고관[10]의 영화를 달갑게 여기지 않았네.
서로 지닌 도는 비록 달랐지만,

산을 선경(仙境)에 빗대 말한 것이다.

7) 중국 절강성(浙江省)에 있는 산으로, 도가에서 말하는 제9동천(洞天)이다.

8) 강연이나 변호 따위와 같이 말을 하는 것을 생업으로 삼는 것을 말한다.

9) 깊고 묘한 이치를 말한다.

10) 원문의 헌면(軒冕)은 고관(高官)이 타던 초헌(軺軒)과 머리에 쓰던 관(冠)이라는 뜻으로, 높은 벼슬아치를 가리키는 말이다.

도리어 교유에는 정이 넘쳤네.
타고 난 본성이 자못 순수하고 맑아,
한 방에 거처하며 사형이라 불렀네.
나의 속된 용모가 흐린 것을 한하고,
그대의 빼어난 풍모의 맑음이 부러웠네.
헤어진 뒤로 얼마 되지 않아,
우연히도 외람되이 과거에 급제했네.
관아[11]에 도임하느라,
산 넘고 물 건너 먼 길에 수고로웠네.
선문에서는 이미 빗장을 열어,
오묘한 비결이 불변의 진리[12]에 이르렀네.
금비[13]로 흐릿한 눈을 긁어내고,
영대[14]로 다툼과 싸움을 잠재우네.
중간에 적막하여 듣지 못했는데,
세상의 도의가 다시 심하게 어지러워졌네.
중흥으로 만물을 새롭게 하니,
포고도 또한 뇌문고처럼 울리네[15].

---

11) 원문의 현재(縣齋)는 고을 원이 집무하는 동헌(東軒)을 말한다.
12) 원문의 무생(無生)은 모든 법의 실상(實相)은 나고 없어짐이 없다는 말이다.
13) 눈의 각막에 낀 이물질을 긁어내는 도구다. 《열반경(涅槃經)》에 의사가 소경의 눈을 금비로 긁어 광명을 찾아주었다는 이야기가 있다.
14) 신령스러운 곳이라는 뜻으로, 마음을 이르는 말이다.

불문의 승려[16]가
세류영[17]에 찾아올 줄 어찌 헤아렸으랴.
스스로 말하길, "서쪽의 오랑캐[18]를 피하여
잠시 호외[19]에서 평안을 찾으련다."고.
등불 앞에서 옛 모습을 확인하고,
멀리 떨어진 곳에서 속마음과 정성을 느꼈네.
이듬해에 나는 정절[20]을 반납하고,
스님[21]은 농촌[22]에 깃들었네.

---

15) 포고(布鼓)는 포목으로 만들어 아예 소리도 나지 않는 북을 말하고, 뇌문고(雷門鼓)는 그 소리가 백리 밖에까지 들렸다는 월(越)나라 회계성문(會稽城門)의 큰 북을 말한다.

16) 원문의 연화종(蓮花蹤)은 불교의 승려를 가리키는 말이다.

17) 군율이 엄정한 군영(軍營)을 말한다. 중국 전한(前漢) 때 주아부(周亞夫)가 장군이 되어 세류(細柳 : 현재 중국의 섬서성)에 진(陣)을 쳤을 때 다른 진영보다 군율이 매우 엄했으므로 순시(巡視)했던 문제(文帝)가 크게 감동하여 붙인 이름. 여기서는 작자가 수령으로 간 고을의 관아를 뜻한다.

18) 원문의 서융(西戎)은 청(淸)나라를 가리키는 듯하다.

19) 호서(湖西)와 호남(湖南)을 가리키는 말이다. '호서'는 충청도를, '호남'은 전라도를 달리 이르는 말이다.

20) 사신(使臣)들이 가지고 다니던 부절(符節, 왕이나 제후의 명령을 받았음을 증명하는 신표(信表)) 구실을 하던 깃발을 가리킨다. 여기서는 고을 수령으로 임명될 때 받은 인끈[인수(印綬)]을 말한다.

21) 원문의 호발(虎鉢)은 용맹정진(勇猛精進)하는 승려를 비유적으로 나타낸 것인 듯하다.

22) 원문의 광형(匡衡)은 농가에서 쓰는 대광주리[광(筐)]와 저울[형(衡)]을 가리키는 듯하다.

이제 세월이 얼마나 흘렀는가,
임금께 배척 받고[23] 벽지[24]로 쫓겨났네.
겹겹의 바다가 둘러친 좁은 땅에서[25],
사립문을 닫고 가시덤불로 둘러싸니,
감옥[26]과 다를 게 없고,
마치 단단한 쇠를 목에 두른 듯.
친구들도 모두 팔을 내저으니,
뉘라서 깊은 구덩이에 빠진 것을 가엾게 여기리.
많던 녹봉에 편지조차 끊어지니,
편지 한 통에 천금도 아깝지 않네.
발자국 소리만도 충분히 기쁜데,
하물며 기침하고 침 뱉는 소리가 들림에랴.
스님이 홀로 바다 건너 찾아오니,
문틈으로 내다보고 반갑게 맞이[27]했네.

---

23) 원문의 수결(受玦)은 한쪽이 떨어져 나간 옥을 받는다는 말로, 임금의 신임을 잃고 배척을 받았다는 뜻이다. 결(玦)은 절연(絕緣)의 의미를 내포하고 있는데, 《의례(儀禮)》 상복전 소(喪服傳疏)에 임금으로부터 결을 받으면 그 나라를 떠나게 되어 있다고 하였다.

24) 원문의 만형(巒荊)은 만형(蠻荊)의 잘못인 듯하다. 중심지로부터 멀리 떨어진 야만족의 땅을 가리킨다.

25) 원문의 탄환(彈丸)은 좁은 땅을 가리킨다.

26) 원문의 안폐뢰(犴狴牢)는 감옥(監獄)을 말한다.

27) 원문의 도리(倒履)는 찾아온 손님이 반가운 나머지 신을 거꾸로 신고 달려

서로 따스하고 친밀한 눈길[28]로 바라볼 뿐,
백발이 늘어난 것이야 따질 게 있으랴.
양산사[29]에서 수륙재[30]를 마치고 나니,
바다 깊은 곳에서 이는 물결이 놀랍구나.
조주에서 태전스님을 만난 듯[31],
옷을 남겨 처음 잠깐 만난 것이 구면인 듯[32].
하물며 그대는 삼십 년 지기로,
짚신에 지팡이 짚고 찾아와 멋진 글을 울림[33]에랴.
나그네의 회포는 안개 걷힌 하늘을 본 듯 풀리고[34],

나가 맞는다는 뜻이다. 중국 삼국시대 위(魏)나라에서 스승인 채옹(蔡邕, 132-192)이 왕찬(王粲, 177-217)을 반갑게 맞았다는 고사에서 유래한다.

28) 원문의 청안(青眼)은 반가운 눈길을 뜻한다. 진(晉)나라 완적(阮籍)이 미운 사람을 보면 백안(白眼)으로 보고 반가운 사람을 보면 청안(青眼)으로 보았다는 데서 유래한다.

29) 경상북도 문경(聞慶) 희양산(曦陽山)에 있는 절로 봉암사(鳳巖寺)라고도 한다.

30) 불교에서 물과 육지의 홀로 떠도는 귀신들과 아귀(餓鬼)에게 공양하는 재를 말한다.

31) 중국 당나라 때 한유가 불교를 비판하다가 조주자사로 좌천되어, 그곳에서 태전이라는 승려를 만난 고사를 말한다. 작자 자신을 한유에, 승려 선문을 태전에 빗대어 말한 것이다.

32) 원문의 개초경(蓋初傾)은 초경개(初傾蓋) 또는 경개여구(傾蓋如舊)의 의미로, 처음 만나 잠깐 사귄 것이 마치 오랜 친구 사이처럼 친해졌다는 말이다.

33) 원문의 뇌경(雷瓊)은 멋진 글[경장(瓊章)]을 울린다는 뜻이다.

34) 원문의 피무(披霧)는 운무(雲霧)를 헤치고 푸른 하늘을 본다는 말로, 좋은 사람을 만나본다는 뜻이다.

밤새도록 앉아 등불[35] 가까이서 이야기를 나누네.
말이 격해지매 안개와 노을이 피어나고,
세속을 벗어난 기상이 선계[36]를 능멸하네.
그대 불교의 대를 잇는 조사들이 부럽고,
우리 유가의 외람된 공경 벼슬이 부끄럽네.
그대는 공에 깃들이니 마음이 크고 넓겠지만[37],
나는 길을 잃고 근심 걱정[38]으로 지냈다네.
다시 산수굴[39]에 거처하며,
돌을 쪼아 화려한 집을 지으리.
멀리 한라산[40]은 하늘 밖으로 솟아 있고,
노인성[41]은 가을이 되자 드러났네.
급하게 서둘러 작별을 말해,

---

35) 원문은 단경(短檠)은 높이가 낮은 등잔걸이에 켠 등불을 말한다.
36) 원문의 봉영(蓬瀛)은 삼신산(三神山)이라 불리는 봉래산(蓬萊山)과 영주산(瀛洲山)을 가리킨다. 여기서는 신선들이 사는 선계(仙界)의 의미로 쓰였다.
37) 원문의 탕탕(蕩蕩)은 썩 크고 넓은 모양이나 다가올 일이 순조로운 것을 뜻한다.
38) 원문의 경경(惸惸)은 근심하는 모양을 말한다.
39) 경치가 빼어나게 아름다운 곳을 가리키는 말이다.
40) 작자가 진도(珍島)에 유배 가 있을 때 지은 시여서 멀리 한라산이 보였을 것이다.
41) 남극노인성(南極老人星)으로, 인간의 수명을 관장한다고 알려져 있다. 또 이 별이 나타나면 정치가 안정되고 나타나지 않으면 전쟁이 발생한다고도 한다.

나를 더럽고 인색하게 만들지 말게나.
베개를 나란히 누워도 싫을 것이 없는데,
몇 달 지낸다고 안 될 게 무엇이랴.
바람과 우레 그칠지 어찌 알리오,
천둥 치며 내리는 비가 온 세상[42]을 뒤덮고 있는데.
벽파정[43] 아래 길에서,
함께 배를 타고 깊은 물을 무사히 건너,
스님은 금수동[44]으로 돌아가고,
나는 산수와 벗할 곳[45]을 찾으리라.
두 지역이 풍마우가 닿지 못할 곳[46]은 아니니,
모름지기 소미성의 빛[47]을 따라 찾을지어다.

---

42) 원문의 팔굉(八紘)은 팔황(八荒)·팔극(八極)·팔방(八方)과 같은 뜻으로, 온 세상을 가리킨다.

43) 전라남도 진도에 있던 정자 이름으로, 임진왜란 때 이순신이 명량대첩을 거둔 곳으로 유명하다.

44) 경상북도 청도군 금천면 박곡리 운문산(雲門山)에 있는 골짜기로, 운문사가 있다.

45) 원문의 구로맹(鷗鷺盟)은 구맹(鷗盟)이라고도 하는데, 세속을 멀리 떠나 산수 속에서 갈매기나 해오라기 등 자연을 벗하여 살아가겠다는 다짐을 말한다.

46) 원문의 풍마(風馬)는 풍마우불상급(風馬牛不相及)을 줄인 말로, 바람난 동물의 암컷과 수컷이 서로 유인하고 그리워하여도 미치지 못할 만큼 멀리 떨어져 있다는 것으로, 서로 아무 관계가 없음을 비유하는 말이다.

47) 원문의 소미정(少微精)은 처사(處士)를 상징하는 소미성(少微星)이 내는 빛을 말한다.

次李白韻 贈山人善文

杖錫曾北住 湖海又南征 心隨流水靜 跡與浮雲幷
楓岳淩雲陟 蓬山汎杯行 三十六名山 只恨隔四明
祝願天下安 害去胸中兵 神京咫尺地 三角揷天橫
中有僧伽寺 勢壓長安城 參禪面空壁 禮佛淸磬鳴
我時負笈遊 識汝緇流英 永夜伴書燈 不眠聞舌耕
常勉玄機靜 不屑軒冕榮 所存雖異道 相從却有情
秉性頗純靜 同舍稱師兄 恨余塵容濁 羨爾秀骨淸
別來未云幾 偶然忝科名 縣齋一來屈 跋涉勞遠程
禪門已啓鑰 妙訣到無生 金篦刮迷眼 靈臺息戰爭
中間寂不聞 世道劇紛更 重恢萬物新 布鼓亦雷鳴
豈料蓮花蹤 來尋細柳營 自言避西戎 暫就湖外平
燈前識舊顔 天涯感素誠 經年納旌節 虎鉢棲匡衡
日月今幾何 受玦竄巒荊 彈丸匝重溟 掩戶叢棘縈
無異犴狴牢 有若金鐵嬰 親朋俱掉臂 誰憐陷深坑
厚祿書斷絶 一札千金輕 跫音亦足喜 況聞咳唾聲
師獨過海來 穴隙倒履迎 相看靑滿眼 肯論白添莖
陽山水陸窮 海深波浪驚 潮洲逢太顚 留衣蓋初傾
矧汝卅載舊 杖屨來雷瓊 羈懷賴披霧 夜坐親短檠
語激煙霞興 逸氣淩蓬瀛 羨爾繼祖師 愧我忝公卿
棲空心蕩蕩 失路憂惸惸 更處山水窟 鑿石開華楹
拏山天外出 老星秋後呈 悤悤莫告別 使我鄙吝萌
無嫌枕相連 何妨月屢盈 安知風霆霽 雷雨遍八紘

碧波亭下路 同舟利涉泓 師歸金水洞 我尋鷗鷺盟
兩地非風馬 須訪少微精

-《白江集》권1.

홍 장로가 시를 청하기에 장편시를 주다

조경*

여래는 시방서 변했다 사라졌다 하는 몸,
총령[1]에 떨쳐 머물면서 동해 바다를 잔질하고,
바다의 뭇 신선들 참된 깨달음을 피하여,
쇠솥에 단약[2]을 만들던 문무화[3]가 꺼졌네.
모래 쌓고 돌 세워 탑묘가 널렸는데,
9월[4]에 푸른 연꽃이 봉오리를 터뜨리니,
가섭[5]이 소식 듣고 얼굴 가득 미소 지었네.
내가 보니 홍 스님은 푸른 눈이 도톰한데,
뱃속엔 삼거서[6] 서리고 장광설[7]이 우레 같아,

---

* 趙絅, 1586–1669.

1) 중앙아시아 남동쪽에 있는 파미르 고원을 가리킨다.

2) 몸의 기운을 단전에 모아 몸과 마음을 수련하는 내단(內丹)의 비결을 적은 것이 북창(北窓) 정렴(鄭磏, 1506–1549)이 전했다는 《용호결(龍虎訣)》이고, 쇠솥[금정(金鼎)]에서 만든 단약(丹藥)을 복용하여 장생불사를 이루고자 하는 것을 외단(外丹)이라고 한다.

3) 문무화(文武火)는 뭉근하게 타는 불과 세차게 타는 불을 말한다.

4) 원문의 현월(玄月)은 음력 9월의 별칭이다.

5) 석가여래의 10대 제자 중 한 사람으로 부처의 법통을 이었으며, 염화시중(拈花示衆)의 미소로 널리 알려진 인물이다.

그런 까닭에 여러 마귀들을 두려워 복종하게 했네.

쇠공이를 바늘로 갈아[8] 비로소 세상에 나서니,

사악한 암소와 병든 황소가 죄를 용서 받았네[9].

강호에 전단풍[10]을 일으켜 세우고,

부들자리에 좌정하여 대중 모아 강론하였네.

금년에 두 사신[11]이 올 것을 점쳐서,

스님이 영접사[12]로 접대하는데,

복서[13]가 징관[14]보다 못하지 않고,

---

6) 세 수레의 책이라는 뜻이니, 많은 지식을 갖추었다는 말이다.

7) 장광설(長廣舌)은 길고도 세차게 잘하는 말솜씨를 말한다.

8) 뼈를 깎는 수련을 거쳤다는 말이다.

9) 불교에서는 수행의 과정을 소에 빗대어 말하곤 한다. 잘못된 수행자가 죄과를 용서 받았다는 뜻이다.

10) 전단(栴檀)은 인도에서 나는 향나무를 말하는데, 흔히 불교의 상징으로 쓰인다. 불교를 믿는 바람을 일으켰다는 뜻이다.

11) 원문의 이성(二星)은 두 사성(使星), 곧 정사(正使)와 부사(副使) 두 사신(使臣)을 말한다.

12) 영접사(迎接使)는 외국의 사신을 맞이하는 임시 벼슬이다.

13) 귀인(貴人)이 될 두상(頭相).

14) 징관(澄觀, 738-839)은 당(唐)나라의 승려로, 절강성(浙江省) 월주(越州) 출신이다. 11세에 출가하여 여러 지역을 편력하면서 율(律)·삼론(三論)·화엄학(華嚴學)·천태학(天台學)·선(禪) 등을 두루 배우고, 776년에 오대산(五臺山)에 가서 여러 사찰을 순례하고 대화엄사(大華嚴寺)에서 화엄경을 강의하면서 주석서를 저술하고, 796년에 장안(長安)에 가서 40권 화엄경의 번역에 참여하였다. 덕종이 청량법사(清涼法師)라는 호를 내리고, 헌종이 다시 승통청량국사(僧統清涼國師)라는 호를 내렸다.

출가한 햇수는 칠십[15]이 넘지 않을 듯.

벽운시[16] 읊조리며 탕휴[17] 스님에게 마음을 기울여,

늙은 나로 하여금 가는귀먹은 걸[18] 트이게 하네.

겸손한 얼굴[19]로 굽신굽신[20] 절하니,

품위 있는 태도[21]에 문채가 드러나네.

---

15) 원문의 강현해(絳縣亥)는 '강현에 사는 노인의 해'는 뜻으로, 73세의 은어다. ≪춘추좌씨전(春秋左氏傳)≫양공(襄公)30年조에 따르면, 춘추시대 진(晉)나라 도부인(悼夫人)이 기(杞) 땅에서 성을 쌓는 사람들을 위로하기 위해 잔치를 베풀었는데, 이때 강현(絳縣)의 한 노인이 자식이 없어 성 쌓는 부역에 와서 일하다가 잔치에 참석했다. 그에게 나이를 물으니, "일수(日數)로 445갑자(甲子)"라 했다. 이는 2만 6660일이 되므로 사광(師曠)은 73년이라고 판정했다.

16) 중국 남조(南朝) 양(梁)나라의 시인 강엄(江淹)이 지은 〈혜휴 상인 원별시(惠休上人怨別詩)〉에 "해 저물녘 푸른 구름 서로들 만나는데, 그리운 님 왜 이다지 오지를 않나.[日暮碧雲合 佳人殊未來]"라는 구절이 있다.

17) 중국 남조 유송(劉宋) 때의 승려인 혜휴(惠休). 본디 이름이 탕휴(湯休)라서 당시 사람들은 휴상인(休上人)이라 불렀다. 자못 문재(文才)가 있어 서담지(徐湛之)의 인정을 받았다. 효무제(孝武帝) 때 환속하여 관직에 올라 양주종사(揚州從事)를 지냈다. 남긴 작품들이 화려하여, 포조(鮑照)와 이름을 나란히 했다. 그의 시는 민가(民歌)의 영향으로 아녀자의 심정을 많이 담고 있다.

18) 원문의 정재(耵聹)는 가는귀먹은 것을 말한다.

19) 원문의 죽죽(粥粥)은 부드럽고 연약한 모양을 말한다.

20) 원문의 경절(磬折)은 공경하는 태도로, 경쇠 모양으로 허리를 굽혀 절하는 것을 말한다.

21) 원문의 난사(蘭奢)는 인도인이 사람을 높여줄 때 일컫는 말이다. 중국 동진(東晋)의 왕도(王導)가 정승으로 있을 때, 언젠가 좌중에 모인 손님 20여 인을 차례로 칭찬하였는데, 유독 한 승려에 대해서만 언급하지 않다가 조용히 "난사"라고 말했다는 고사가≪주자어류(朱子語類)≫에 전한다.

떡국을 식히면서 우스갯말 잘하니,

톱밥이 부슬부슬 구슬에 섞이는 듯,

만나자마자 날더러 누구냐 묻지 마소.

나는 공자의 규범을 따라 오십 년을 지냈네.

경연[22]에서 경서 놓고 요순을 강론하였고,

어전에서 재능 있는 이[23]들과 패옥을 울렸네.

꾸미고 아로새기는 글재주[24]는 어쭙잖은 것,

여러 고관 대신들[25] 도와 국사를 다스렸네.

친인과 선린[26]은 예로부터의 도,

박망후[27]는 떼를 탄 것 조금도 후회하지 않았네.

---

22) 원문의 석거(石渠)는 중국 한(漢)나라 때 천자의 서고(書庫)인 석거각(石渠閣)을 가리킨다. 미앙궁(未央宮) 북쪽에 있던 석거각은 기밀문서를 보관하던 곳이었다.

23) 원문의 원개(元凱)는 팔원팔개(八元八凱)로, 재능이 있는 사람들을 가리킨다. 《춘추좌씨전(春秋左氏傳)》문공(文公) 18년조에 옛날 고양씨(高陽氏) 아들 여덟이 다 어질고 재능이 있어 백성들이 그들을 일러 팔개(八凱)라고 하고, 고신씨(高辛氏)에게도 그러한 아들 여덟이 있었는데 그들은 팔원(八元)이라 했다는 이야기가 있다.

24) 원문의 조충전각(彫蟲篆刻)은 시문(詩文)을 실속 없이 꾸미거나 아로새기는 것을 말한다.

25) 원문의 팔경(八卿)은 고관(高官)이나 대신(大臣)을, 정내(鼎鼐)는 음식을 익히고 조리하는 데 쓰던 세 발 달린 큰 솥으로, 천하를 다스리던 재상의 자리를 뜻한다.

26) 이웃 또는 이웃나라와 좋은 관계를 유지하며 지내는 것을 말한다.

27) 중국 전한(前漢) 무제(武帝) 때의 외교관으로, 중국과 중앙아시아 여러 지역과의 외교적, 문화적, 상업적 교류의 물꼬를 튼 인물인 장건(張騫)을 가리킨

좋은 경치 구경하느라 눈 돌릴 틈도 없고,
민요를 자주 들어 적어두기도 했네.
집집이 푸른 비단 사서 성현들을 수놓고,
곳곳에서 서적을 사고 갑옷을 멀리하니,
임금의 교화가 동쪽으로 옮겨갔음을 다시 보누나.
원수의 맹약[28]은 끝내 변치 않으리.
교칠[29] 같은 사이인데 뉘 도가 다르다고 물으랴.
정나라 명주에나 오나라 띠에나 난초 향기는 배는 것,
비가 내려 콩이 익듯 천성 바다가 맑으니,
나를 좇아 진정한 주재자를 돌아보세.
스님, 스님, 태전 스님이여!
내가 한유는 아니지만 외람된 것도 아니네.
달 비추는 바라밀[30]에 백우[31]로 누우면,

다. 그는 흉노(匈奴)와의 전쟁에 참전한 공으로 박망후에 봉해졌다.

28) 중국 전국시대에 소진(蘇秦)이 진(秦)나라에 대항하기 위해 6국(한·위·조·초·연·제나라)이 정치·군사동맹을 맺는 외교 전략으로 합종책(合縱策)을 주장하여 맺은 맹약을 가리킨다. 여기서는 조선과 일본 사이의 맹약을 원수의 맹약에 빗대어 말한 것이다.

29) 아교와 옻칠이라는 뜻으로, 매우 친밀하여 서로 떨어질 수 없는 관계를 비유적으로 이르는 말이다.

30) 불교에서 태어나고 죽는 현실의 괴로움에서 번뇌와 고통이 없는 경지인 피안(彼岸)으로 건넌다는 뜻으로, 열반(涅槃)에 이르고자 하는 보살(菩薩)의 수행을 이르는 말이다.

31) 《법화경(法華經)》에는 양(羊)·사슴[鹿]·흰 소[白牛] 등 세 마리 짐승이

세상의 티끌 하나가 어찌 나를 더럽히랴.

아아, 통쾌하구나!

세상의 티끌 하나가 어찌 나를 더럽히랴.

洪長老求詩 贈以長句

如來十方變滅身 振錫蔥嶺杯東海
海上群仙避眞詮 龍虎金鼎文武餒
累沙竪石塔廟遍 玄月青蓮吐蓓蕾
破顔微笑有伽葉 我覯洪師碧眼嵬
腹蟠三車舌如雷 慴伏諸魔所以乃
鐵杵爲針始出世 黑犉黃犗賴貰罪
江戶樹起栴檀風 蒲秦携鳩醴不怠
今年盆分占二星 師乃作儐來相待
伏犀不減澄觀骨 度臘應非絳縣亥
口吟碧雲傾湯休 却使老翁去耵聹
修容粥粥勤磬折 蘭奢之中動文采
冷淘湯餠又善謔 鉅屑霏霏綴珠琲
接塵休問我爲誰 我遵孔軌五十載
橫經石渠講堯舜 鳴佩彤庭幷元凱

등장하는데, 흰 소로는 일승법(一乘法)을 비유한다. 일승법은 모든 중생이 부처와 함께 성불한다는 석가모니의 교법으로, 중생을 깨달음으로 인도하는 수많은 부처의 교법이 실제로는 단 하나의 이치라는 뜻이다.

彫虫篆刻不足云 佐佑八卿調鼎鼐
親仁善隣古之道 博望乘槎無少悔
應接佳境目不暇 慣聽風謠筆可採
家家買綠繡聖賢 處處購書閑伏鎧
禹化東漸再見今 洹水之盟終不改
投膠誰問道不同 鄭縞吳帶襲蘭茝
雨熟豆子性海淸 從我回看眞主宰
師乎師乎太顚師 我非韓愈亦非猥
月照波鑼白牛臥 世上一塵焉得浼
快哉世上一塵焉得浼

-《龍洲遺稿》권23. 東槎錄

홍원*의 조생에게

윤선도**

한퇴지 글을 남겨 태전에게 주었는데,
세간에서 기롱한 지 이미 천년일세.
내 오늘 자네의 사람 보는 눈에 감격하여,
다시 노래를 지어 짤막하게 쓰노라.

答洪獻趙娘 洪獻 洪原也 趙娘 趙生也 戊午

韓子留書與太顚 世間譏評已千年
我今感汝能看客 復作歌謠寫短箋

-《孤山遺稿》권1.

* 함경남도에 있는 고을로 기녀 조생의 고향이다.
** 尹善道, 1587-1671.

옷을 남겨 태전과 작별하다

이기발*

내 이제 그대와 멀리 작별하려는데,
그대는 내 말을 듣고 태전의 일 탄식하네.
내 이제 그대에게 무엇으로 남겨 줄까,
내게 조촐하고 산뜻한 옷 한 벌이 있는데,
어찌 그대에게 줄 옷이 없다 하랴.
애오라지 떠나며 정과 인연을 남겨두려 했을 뿐.
고신[1]의 지난날 죄는 만 번 죽어도 아깝지 않아,
망령되이 간을 도려내는 듯 성상의 허물을 들추었으니.
대궐 조회에서 아뢴 한 마디 말이 고통스러웠고,
나그넷길에 날 저물고 길은 멀어 조주까지는 8천 리길.
이태백의 시름은 야랑 가는 길로 향하고[2],

---

* 李起浡, 1602-1662.

1) 임금의 신임이나 사랑을 받지 못하는 신하를 말한다. 여기서는 한유(韓愈)를 가리킨다.

2) 당나라 때의 시인 이백은 영왕 린(永王璘)의 막좌(幕佐)로 있다가 도망친 뒤 안녹산(安祿山)의 난이 평정되자 사죄(死罪)에 걸려들었으나 곽자의(郭子儀)의 도움으로 야랑(夜郎)에 유배된 일이 있었다.

굴원[3]은 소상강변[4]에서 외로이 읊조렸었지.
남쪽 변방에서 뉘와 더불어 회포를 말하겠는가,
그대의 자못 타고난 총명에 의지할밖에.
이름을 묻는 것은 아닐 테니 항렬이나 따져보고,
나는 유자요 그대가 승려라는 건 서로 잊어버리세.
읊조리다 보면 방편이 다른 걸 누군가 다시 기억해내겠지만,
어떤 경우에도[5] 다만 시의 흥취 한 가지만 생각하세.
올해의 성대한 일은 모두 그대에게 부치리니,
이러는 가운데 일생을 마칠 듯하네.
봄에 부는 꽃바람이 어찌 마른 풀을 알리오,
원주 자사[6]가 되어 가며 채찍을 쳐 서두르네.
충성심으로 서울 가까이 가는 것이 싫지 않기 때문이지,
그 어찌 그대와의 정에 이끌릴까 해서랴.
이별 후 재회를 어느 때로 기약할까,
구름 위로 높이 솟은 나무[7] 시름없이 바라보니 산천이 아득

---

3) 원문의 좌도(左徒)는 중국 전국시대 초(楚)나라의 정치가이자 문인인 굴원(屈原)의 벼슬로, 회왕(懷王)을 보좌하는 재상급의 직책이었다.

4) 원문의 상수(湘水)는 중국 호남성 동부의 강으로, 소수(瀟水)와 합류하여 동정호(洞庭湖)로 흘러든다. 보통 소상강(瀟湘江)이라고 부른다.

5) 원문의 행좌(行坐)는 행좌간(行坐間)으로, '가든 앉아 있든'의 뜻이다.

6) 한유는 좌천지인 조주(潮州)에서 강서성의 원주 자사(刺史)로 옮겨갔다. 원문의 오마(五馬)는 자사와 같은 지방 수령을 뜻하는 말이다.

7) 원문의 운수(雲樹)는 운수지회(雲樹之懷)를 말한다. 구름 위로 높이 솟은

하네.

옛사람들은 헤어질 때 서로 선물을 주었으니,
그걸 보며 마음을 씻은 듯이 달래고자 함이라.
행장이 초초하니 무슨 선물할 게 있으랴만,
상자 속의 옷 한 벌은 깨끗하네.
모름지기 마음의 선물이니 싫다 말고 입게나,
옷 한 벌이 혹시 화살을 막을 수도 있을 테니.
평생 큰 붓 잡고 휘갈기길 좋아했으니,
좋은 글 써서 주는 걸 사양하지 않으리.
예로부터 좋은 글로 작별하는 이 많았으나,
송별회 자리는 대수롭게 여기고자 하지 않았네.
이 옷을 법의에서 지어낸 것은,
내 뜻이 바로 그 머리에 갓을 씌우는 데 있네.
군신과 부자의 의리를 어찌 없앨 수 있으랴,
변화에 응하지 않고는 허물을 벗기 어려운 법.
그대에게 준 옷을 입으면 절로 복이 많으리니,
어찌 꼭 아득히 복전의[8]를 구하랴.

나무를 그리워하는 마음이라는 뜻으로, 마음속에 품어 두고 그리워하는 생각을 이르는 말이다.

8) 원문의 복전(福田)은 복전의(福田衣), 곧 가사(袈裟)를 말한다. 승려는 가사를 입고 다른 이의 공양을 받아 몸과 목숨을 유지하며, 또 다른 이에게 교법을 말하여 주어 자기와 다른 이가 함께 복덕을 받는 것이 마치 밭이 곡식을

내 오로지 옷을 말한 것이니 비웃지 마소.
바람 맞아 눈물이 흘러넘치는 샘물 같네.

留衣別太顚

吾將與爾作遠別　爾聽吾言嗟太顚
吾將何以留贈爾　我有一襲衣粲然
豈曰無衣以爲贈　聊表去留之情緣
孤臣昔日罪萬死　妄擬刳肝糾聖愆
天門朝奏一言苦　客路暮脩潮八千
太白愁向夜郎行　左徒孤吟湘水邊
南荒誰可與語懷　賴爾聰明頗出天
問名則非校行是　我儒爾釋相忘旃
吟邊誰復記殊方　行坐但覺詩興偏
當年盛事都付爾　此中若將終身焉
華風那識被枯草　五馬袁州歸促鞭
丹衷不厭近日邊　其柰與爾情牽攣
別後重逢定幾時　雲樹悵望悠山川
古人相別必相贈　覽物欲慰心如湔
行裝草草有何物　篋笥之中衣且鮮
須將心服無斁　一衣倘能防矢弦
生平愛把大筆揮　不辭一寫投瓊篇

내는 것과 같다 하여 이르는 말이다.

瓊篇舊曾別人多　不欲尋常當別筵
玆衣製出法服中　我意正在冠其巓
君臣父子豈可廢　變化未應難蛻蟬
衣君之衣自多福　渺茫何須求福田
我言維服勿爲笑　臨風有淚如飜泉

-《西歸遺稿》권3.

낙산사 도인 스님에게

유계*

바닷가에 위치한 그윽한 관음굴,
천년토록 내려온 외로운 낙산사.
한퇴지가 벗한 태전은 전생의 그대요,
한퇴지 그는 바로 후생의 나라네.
불경 소린 밤새도록 놀라게 하고,
바다의 파도는 새벽에 몰려오네.
서로 일출을 보기로 약속했으니,
하늘이 맑은지 여부를 묻노라.

洛山寺 贈僧道仁

海上觀音窟 千年洛寺孤 顚公前世爾 韓子後生吾
禪梵通宵警 溟濤入曉驅 相期看日出 天色問晴無

-《市南集》권2.

* 兪棨, 1607-1664.

오사카성에서 주남 장로를 작별하며

신유*

구조반[1]속에서 빈사[2]를 그만두고,

개상[3] 자리에서 도의[4]를 보았네.

개사[5]는 보리수의 게[6]를 스스로 전했지만,

사신은 오히려 〈습상〉시[7]에 부끄럽네.

타산[8]의 소나무 계수나무 숲을 남여[9] 타고 두루 구경했고,

---

* 申濡, 1610-1665.

1) 사절(使節)을 맞는 반열(班列)로, '구조'는 공(公)·후(侯)·백(伯)·자(子)·남(男)과 고(孤)·경(卿)·대부(大夫)·사(士)를 말한다.

2) 예전에, 제후에게 빈객(賓客)의 대우를 받던 학자를 말한다.

3) 국빈(國賓)을 접대하는 부상(副相)을 말한다.

4) 신라 말 선문(禪門) 구산(九山)의 하나인 가지산문(迦智山門)을 개창한 선승(禪僧)인데, 여기서는 고승(高僧)이라는 뜻으로 쓴 것이다.

5) 불교에서 보살(菩薩)이나 고승(高僧)을 달리 이르는 말이다. 법을 열어 중생을 성불(成佛)할 수 있는 길로 인도하는 사부라는 뜻이다.

6) 불교 최고의 이상인 부처가 되는 깨달음의 지혜를 찬탄하는 노래를 말한다.

7) 《시경(詩經)》소아(小雅)의 편(篇) 이름. "군자를 만났으니 그 즐거움 어떠한가.[旣見君子 其樂如何]" "부끄럽다."라고 한 것은 사절로 온 자신을 지나치게 환영한 데 대한 겸양의 뜻을 보인 것이다.

8) 일본의 지명이다.

9) 의자와 비슷하고 뚜껑이 없는 작은 가마를 말한다. 조선에서는 승지나 참의 이상의 벼슬아치가 탔다.

정포[10] 갈꽃 사이로 닻줄[11]을 천천히 놓았네.
평생에 이런 멋진 유람 다시 얻기 어려우리니,
먼 이국에서 오직 꿈에나 서로 따를 뿐.
서리가 내리니 외기러기 바다 굽이에서 울부짖는데,
나그네들 하룻밤 만에 칼고리[12]를 보는구나.
조주의 이별[13]엔 옷을 줄 만하고,
강엄의 시 짓는 재주는 비단옷 입고 돌아왔네[14].
돛은 석양을 띠고 먼 섬으로 돌아가고,
석장[15]은 가을비에 날아 빈 산으로 들어가네.
천 리 밖에서 서로 길이 생각할 줄 분명히 알면서,
소매 속의 경장[16]으로 잠시 웃어보네.
섭진에서 만났다 난진에서 작별하니[17],

---

10) 일본의 지명이다.

11) 원문의 금람(錦纜)은 비단으로 만든 화려한 닻줄을 말한다.

12) 원문의 도환(刀環)은 칼머리에 달아맨 옥고리를 가리킨다. 환(環)과 '還(돌아올 환)' 자가 음이 같아 한시에서는 '고향으로 돌아감'의 뜻으로도 쓴다. 여기서는 하루만에 향수(鄕愁)가 생겼다는 뜻이다.

13) 중국 당나라 때 한유와 태전의 이별을 가리킨다.

14) 원문의 강자(江子)는 중국 남북조시대 남조 양(梁)나라의 문인인 강엄(江淹, 444-505)을 가리킨다. 시재(詩才)에 뛰어났던 그가 높은 벼슬을 한 뒤로부터는 도통 글을 짓지 못했다고 한다. 출세한 뒤로 글 짓는 재주가 쇠퇴한 것을 말한다.

15) 승려들이 짚고 다니는 지팡이를 가리킨다.

16) 구슬 같은 문장이라는 뜻으로, 남의 글을 높여 이르는 말이다.

유월에 왔던 사람 구월에 돌아가네.
나그넷길의 더위와 서늘함은 모두 갑작스러웠고,
술잔 앞의 모임과 이별은 다 섭섭하였네.
서리 찬 낡은 절에 가을 연 줄기 꺾어지고,
바람 세찬 빈 강에는 낙엽이 날리는데,
시냇가에 향하여 한번 웃음 지으려 하노니[18],
승복 입은 스님도 눈물을 줄줄 흘리는가.

大坂城 留別周南長老

九條班裏輟賓師 介相筵中見道儀
開士自傳提樹偈 使乎還愧隰桑詩
陀山松桂藍輿遍 淀浦蘆花錦纜遲
百頻勝遊難再得 天涯唯有夢相隨
霜落孤鴻叫海灣 行人一夜看刀環
潮州別意衣堪贈 江子詩才錦已還

---

17) 섭진과 난진은 모두 일본에 있는 나루터 이름이다.

18) 중국 동진(東晋)의 고승 혜원(慧遠)은 중국 정토교(淨土教)의 개조(開祖)로 알려져 있다. 혜원이 있던 동림사(東林寺) 밑에는 호계(虎溪)라 불리는 시내가 흐르고 있었다. 혜원은 찾아온 손님을 보낼 때 이 호계까지 와서 작별하도록 정하여 절대로 내를 건너가는 일이 없었다. 그런데 어느 때인가 유학자요, 시인인 도연명(陶淵明)과 도사(道士)인 육수정(陸修靜)을 보내며 서로 이야기를 나누는 가운데 무심코 이 호계를 지나고 말았다. 문득 이 사실을 깨달은 세 사람은 마주 보며 껄껄 웃음을 터뜨렸다[호계삼소(虎溪三笑)]는 고사가 전한다.

帆帶夕陽歸遠嶼　錫飛秋雨入空山
懸知千里長相憶　袖裏瓊章暫解顔
攝津相遇難津別　六月行人九月歸
客裏炎涼都忽忽　樽前離合兩依依
霜寒古寺秋荷折　風急空江落葉飛
欲向溪邊成一笑　衲衣還有淚霏霏

-《竹堂集》권3. 海槎錄 下.

남아 있는 중달 스님과 작별하며 작은 서문을 아울러 지음

남용익*

내가 이 나라에 사신으로 왔을 때에 구암(九岩) 노스님이 접빈이 되어 수륙 수천 리 사이에 더불어 주선하였으니 길이 멀지 아니한 것이 아니며, 정이 익숙하지 아니한 것이 아니었다. 그러나 행차가 바빠서 조금도 글을 지을 흥취가 없어서 그의 시에 화답하는 외에는 은근한 정을 표하는 글귀 하나도 지어주지 못하였더니, 내가 돌아옴에 미쳐 노스님이 자기의 집을 지나쳐서 강성(江城)에까지 뒤따라 왔다. 내일 아침 밧줄을 풀면 둘 사이에 있는 한 물이 문득 1진(塵)[1]이나 서로 떨어져 막히게 될 것이다. 이별을 느끼는 회포가 있어서 이에 근체시 한 수를 지어서 의복을 머물러두는 이별을 대신하고, 중일 사미(中逸沙彌) 또한 같이 시를 말할 만하므로 아울러 언급한다.

세밑 강성에 눈이 날리려 하는데,
나그네로 이별하려니 갑절이나 섭섭하네.
유자와 선승의 취미가 구별 없는 것 아니나,

---

* 南龍翼, 1628-1692.

1) 천지가 한 번 생겼다가 한 번 없어지는 것을 불교에서는 겁(劫)이라 하고, 선가(仙家)에서는 진(塵)이라 한다.

초나라와 조나라의 우호하는 맹세[2] 절로 어긋나지 않네.
쌍 석장[3]이 먼 길의 좋은 반려가 되었었는데,
외 돛대가 속절없이 석양을 띠고 돌아가네.
후일 고개 돌려 부상[4]의 달을 바라보면,
멀리 떨어진 곳에서 응당 밝은 빛을 반씩 나누리.

留別達師 幷小序

余之奉使是邦也 九巖老師爲之儐 與之周旋於水陸數千里之間 路非不遠矣 情非不慣矣 卒卒行役 了無興於吟 構酬答之外 未嘗贈一語以致繾綣矣. 及余之還也 老師越其廬而追別於江城 明朝解纜後 一帶水便隔一塵 居然有感別之懷 玆述近體一首 以當留衣之別. 逸沙彌亦可與言詩者 故併示之.

歲暮江城雪欲飛 客中離思倍依依
儒禪臭味非無別 楚趙歡盟自不違
雙錫好爲長路伴 片帆空帶夕陽歸
他時却望扶桑月 萬里應分一半輝

-《壺谷集》권12. 扶桑錄 下

---

2) 중국 전국시대에 조나라의 평원군(平原君)이 초나라에 사신으로 가서 화친(和親)의 맹약(盟約)을 맺고 왔던 일을 가리킨다.

3) 쌍지팡이라는 말로, 중달과 중일 두 승려를 가리키는 말이다.

4) 해가 뜨는 동쪽 바다를 뜻하는데, 여기서는 일본을 가리키는 말이다.

중달 스님에게

남용익**

보배 뗏목은 가섭[1])을 바라보는데,

절에서 밀물 같은 범패[2]) 소리를 듣네.

마음에 어찌 먼 간격[3])이 있으랴,

시는 곧 태전[4])과 삼료[5])로세.

기운이 활달하매 봉우리가 걸림이 없고,

---

* 南龍翼, 1628-1692.

1) 석가모니의 10대 제자 가운데 한 사람이다. 여기서는 중달 스님을 가리킨다.

2) 범패(梵唄)는 절에서 주로 재(齋)를 올릴 때 부르는 소리로, 범음(梵音), 어산(魚山), 인도(印度), 인도(引導)소리라고도 한다.

3) 원문의 초월(楚越)은 중국 전국시대 초나라와 월나라 사이라는 뜻으로, 멀어서 아무 상관이 없는 것을 말한다.

4) 당나라의 한유(韓愈)가 조주 자사(潮州刺史)로 가서 형산(衡山) 조계(曹溪)에 태전(太顚)이란 높은 중이 있다는 말을 듣고 기생 홍련(紅蓮)을 보내어 유혹하게 하였다. 그러자 태전은 홍련의 치마에다 시를 써 주기를, "십년 동안 축융봉을 내려가지 않고, 색과 공을 관하니 색이고 공일뿐이었네. 어찌 한 방울 조계의 물을 가지고서 붉은 연꽃의 한 잎에 떨어뜨리랴.[十年不下祝融峰 觀色觀空卽色空 如何曹溪一適水 肯墮紅蓮一葉中]" 하였다.

5) 북송(北宋) 때 소동파와 교유하였던 시승(詩僧) 삼료(參寥)가 여인의 유혹을 물리치는 시에, "참선하는 마음이 이미 진흙에 붙은 버들가지가 되었으니, 봄바람을 따라 오르락내리락 미치지 아니하네.[禪心已作粘泥絮 不逐春風上下狂]" 하였다.

이야기가 청아하니 더위가 덤비지 못하네.
나의 가는 길이 고해로 아득하니,
피안에 돛대를 멈추리라.

達柏兩僧同行屢日 要得一語 各贈短律

寶筏瞻迦葉 琳筵聽唄潮 襟期寧楚越 韻語卽顚寥
氣豁峯無礙 談淸暑不驕 吾行迷苦海 彼岸可停撓

-《壺谷集》권11. 扶桑錄

수타사에 노닐며 정원 선사에게

박태순*

일찍이 한유 공이 태전 스님 좋아했단 말 괴이히 여겨,
어찌 고결한 선비가 아득한 선사와 함께 했나 했었지.
이제사 불문의 벗을 사귀어 알게 되다 보니,
비로소 한 공이 옷을 남긴 것이 우연이 아님을 알게 되었네.

遊水墮寺 贈淨源禪師

嘗怪韓公喜太顚 豈同高士著幽禪
今來結識空門友 始覺留衣不偶然

-《東溪集》권2.

* 朴泰淳, 1653-1704.

흠 스님에게 머물러 자며

이현조*

불문의 좋은 벗으로 그대 같은 사람 드물어,
한 문공이 태전 스님과 사귄 것 비슷하네.
산방에선 밤늦은 이야기도 꺼리지 않는데,
화로에서 피어오르던 연기도 사라지고 촛농도 말랐네.

次欽師留宿

勝友空門似子稀 文公好與太顚依
山窗不厭終宵話 爐篆全消蠟淚晞

-《景淵堂詩集》권2.

---

* 李玄祚, 1654-1710.

서봉사[*] 만훈 스님에게

신성하[**]

사신[1]은 필시 세상의 인연이 미미하여,
날아가는 까치나 한가로이 좇다가 서석으로 돌아가네.
노스님과 다리에서의 이별을 서러워하며,
한유가 태전에게 남긴 옷 대신 시 한 편을 남기네.

遊瑞石 臨歸留贈瑞峰寺僧萬勛

使君應是世緣微 飛烏閒從瑞石歸
惆悵老師過橋別 一詩留當太顚衣

-《和菴集》권3.

---

* 강원도 홍천군 서석면 검산리에 있는 절이다.

** 申聖夏, 1665-1736.

1) 작자 자신을 가리킨다.

이정암* 승려에게 화답하여 성 서기** 가 대신 지음

조엄***

서쪽 봉우리의 달 동해 멀리 비추는데,
건불[1] 휘날리며 절기[2] 이끄네.
선기[3]를 일찍 알아 빙신[4]에 참여하니,
사신이 가는 곳마다 따라다니며 용의[5]를 맡네.
이 세상에서 도의로 사귀면 전유[6]가 생각나고,
방외에서 시로 맺은 인연은 허지[7]를 깨닫겠네.

---

* 대마도(對馬島) 할려산(瞎驢山)에 있던 암자다.

** 조선조 정조 때의 서얼 출신 문신인 성대중(成大中, 1732-1809)을 가리킨다. 성대중의 자는 사집(士執), 호는 청성(靑城), 본관은 창녕(昌寧), 찰방 효기(孝基)의 아들이다.

*** 趙曮, 1719-1777.

1) 수건(手巾)과 먼지떨이. 수건 춤[건무(巾舞)]과 먼지떨이 춤[불무(拂舞)]을 출 때 쓴다.

2) 기절(旗節). 사신이 들고 가는 신표(信標)인 부절(符節)과 깃발.

3) 선승(禪僧)의 역량이나 예리하고 격식을 떠난 선승의 말이나 동작을 말한다.

4) 사신단(使臣團)의 교류(交流)를 말한다.

5) 예의에 맞는 차림새나 몸을 가지는 태도로, 여기서는 정중하게 받들어 모시는 것을 말한다.

6) 중국 당나라 때의 태전(太顚)과 한유(韓愈)를 가리킨다.

도중의 뜬 구름은 급히 모였다가 흩어지고,

낭화[8] 강물 위에는 꽃잎이 지네.

和以酊僧詩 成書記代作

西峯月指東溟遠 巾拂飄飄導節旗
早識禪機參聽信 每從賓席挹容儀
寰中道契思顚愈 方外詩緣證許支
半路浮雲驚聚散 浪華 江上落花時

-《海槎日記》

---

7) 중국 진(晉)나라 때의 허순(許詢)과 지둔(支遁)을 가리킨다.

8) 일본 오사카(大阪)시와 그 부근의 옛 이름이다.

허 상인에게

정범조*

온 고을에 쓸쓸히 비바람 치는데,
스님이 국화꽃 앞에 이르렀네.
날리는 듯한 비백체[1] 글씨는 범어를 닮았고,
심오한 내용을 말하는 말씨에는 선미[2]가 느껴지네.
짙은 눈썹은 남악[3]에 쌓인 눈 같고,
누덕누덕 기운 승복은 송연묵[4]처럼 검은 빛이네.
오래도록 변함없을 불문[5]의 모임을 만들어,
한유가 태전을 사랑하듯 하리.

虛上人雨過賦贈

蕭蕭滿郡雨 僧到菊花前 飛白書如梵 談玄舌有禪

---

* 丁範祖, 1723-1801.
1) 한자 서체의 하나로, 중국 후한(後漢) 때 채옹(蔡邕)이 만들었다고 한다. 팔분(八分)과 비슷하지만 획을 나는 듯이 그어 그림처럼 쓴 서체다.
2) 선미(禪味)는 탈속(脫俗)한 취미를 뜻한다.
3) 여기서는 지리산(智異山)을 가리킨다.
4) 소나무를 태운 그을음으로 만든 먹.
5) 원문의 공문(空門)은 불문(佛門)을 가리킨다.

厖眉南嶽雪 畦衲萬松烟 終古空門契 昌黎愛太顚

-《海左集》권5.

신광하[*]와 더불어

정범조[**]

황학산인은 태전 스님 같은 분[1],
동해로 따라 가 세상이 바뀐 것[2]을 보고 싶네.
마음에도 없이 벼슬살며 동방의 나그네 되니[3],
선계에 노닐다가 인간에 귀양 온 때가 하늘처럼 아득하네[4].
성긴 빗속에 견여[5] 타고 폭포가 있는 바윗길을 오르니,

---

* 신광하(申光河, 1729-1796)는 조선조 정조 때의 문신이다. 자는 문초(文初), 호는 진택(震澤), 본관은 고령(高靈), 첨지중추부사(僉知中樞府事) 호(澔)의 아들이다.

** 丁範祖, 1723-1801.

1) 원문의 하(何)가 이 시에서는 '해당(該當)하다'의 뜻이다.

2) 원문의 상전(桑田)은 상전벽해(桑田碧海)를 가리키는 말로, 세상이 몰라볼 정도로 바뀐 것을 뜻한다.

3) 원문의 동장(銅章)은 구리로 만든 도장으로, 벼슬자리를 가리킨다. 중국 한(漢)나라 때 6백 섬 이상의 녹봉을 받는 벼슬아치가 지녔다고 한다. 이은(吏隱)은 부득이 벼슬을 하고 있으나 속마음으로는 은거하는 일, 또는 낮은 벼슬을 하여 남에게 알려지지 않도록 하는 일을 가리킨다. 양곡(暘谷)은 해가 처음 돋는 동쪽을 말한다. 작자는 정조 초에 강원도 양양부사를 지낸 일이 있다.

4) 원문의 요적(瑤籍)은 신선의 명부(名簿), 강적(降謫)은 적강(謫降)과 같은 말로 신선이 인간세상으로 귀양 온 것을 말한다.

5) 큰 상여를 쓰는 행상(行喪)에서, 좁은 길을 지날 때 임시로 쓰는 간단한 상여

하늬바람 타고 젓대 소리가 용굴 앞에서 들려오네.
눈에 비치는 인간 세상은 애오라지 허우적대며 노니는 곳,
관가 다락엔 시가 가득, 배에는 술이 가득하네.

申文初光河 自楓嶽 竝海而東 歷過郡齋 相視驚喜 剪燭共賦

黃鶴山人何太顚 欲從東海見桑田
銅章吏隱賓暘谷 瑤籍天迷降謫年
踈雨肩輿巖瀑上 西風橫笛窟龍前
眼中塵土聊游戱 詩滿官樓酒滿船

-《海左集》권7. 38수 중 제25수

를 말한다. 여기서는 남녀(藍輿)와 같은 뜻으로 쓰인 듯하다.

서재에서

조경*

불가의 묘한 뜻이 따로 있는 것도 아닌데,
그저 난해한 말만 해대니 입에 올릴 게 못 돼.
아래윗니 세 번 마주치고 한 소리로 외치기를,
한 문공이 태전의 불문에 빠지기라도 했더냐?

齋居雜詠

僧家妙旨別無存 只爲難言故不言
叩齒三通仍一喝 韓公傾倒太顚門

-《荷棲集》권3. 총41수 중 제15수

---

* 趙璥, 1727-1789.

가을비로 표훈사*에서 자며

박윤원**

백화암[1]에서 낮에 쉬며 흐르는 물소리 듣다가,
표훈사로 돌아가니 벌써 날이 저물었네.
골짜기 가득 연무로 자옥한데 스님들은 좌선에 들고,
온 산에 비바람 몰아쳐 나그네는 머물러 잠이 드네.
종소리 적막하여 마음도 함께 고요해지고,
등불 그림자 둥글게 밝아 성품도 온전해지네.
깊은 밤에 스님 불러 말벗이나 삼자하니,
특출한 가운데[2] 누가 태전처럼 어진 스님인지.

秋雨竟夕 投宿表訓寺

白華午憩聽流泉 表訓歸來已暮天
一洞烟霞僧入定 萬山風雨客留眠
鐘音寂默心俱靜 燈影圓明性與全

---

* 강원도 회양군 내금강면 장연리 금강산 만폭동(萬瀑洞)에 있는 절이다.
** 朴胤源, 1734-1799.
1) 강원도 회양군 내금강면 장연리 금강산 표훈사(表訓寺)에 있었던 암자다.
2) 원문의 괴기(魁奇)는 남보다 뛰어나고 특이한 것을 말한다.

深夜欲呼雲衲語 魁奇誰似太顚賢

-《近齋集》권3.

동계* 조사의 시축을 보고

이이순**

동계 조사가 태전과 같은지는 모르겠으나,
어찌 시 지어 주는 것과 옷 남기는 것이 같으랴.
다만 옷을 없어져도 시는 썩어 없어지기 어려우니,
천고의 선문에서 한바탕 고상하게 노닐어 볼까나.

影月上人 示以東溪祖師所傳詩軸 敬次以贈

不識東溪太顚類 如何詩贈等衣留
惟衣不在詩難朽 千古禪門高一遊

-《後溪集》권2.

* 조선조 숙종 때의 승려인 경일(敬一, 1636-1696)의 법호다. 경일은 벽암(碧巖) 각성(覺性, 1575-1660)의 제자로 청평사에 주석하였다.

** 李頤淳, 1754-1832.

달

조두순*

잔잔한 호수에 물결 일지 않고 내조차 끼지 않았는데,
구름 갠 뒤 맑은 달빛이 하늘에서 비추네.
궤도가 각기 달라 긴긴 낮이 되고,
자주 가득 찬 보름달 되매 흐르는 세월을 느끼네.
먼 길을 밝히고 오느라 눈은 무겁고도 무거운데,
집집마다 어리석음 물리치다가 적적히 잠들었네.
손가락 끝 들어 보여 문득 깨닫게 하고,
어제 화계에서는 시 쓰는 선승을 만났네.

12일 화계에 가서 환공[1] 스님을 만났는데, 총명하고 도리를 아는 것이 마치 조주의 태전선사 같았다.

---

* 趙斗淳, 1796-1870.

1) 조선조 고종 때의 승려인 치조(治兆)의 법호다. 치조는 정원사(淨願社)를 결사하여 신도 수십 명과 함께 30여 년 동안 극락왕생을 기원하며 수행하였다.

四月十三日 尋江榭 敎金胤明拈韻賦月

平湖無浪復無烟 霽後澄光月在天
有軌各殊爲永晝 此輪頻滿感流年
拓來萬里重重眼 痴却千家寂寂眠
擧似指端成頓悟 華溪昨日遇詩禪

十二日 有華溪行 遇幻空釋 聰明識道理 若潮陽太顚

-≪心庵遺稿≫권9.

병연 스님 및 여러 스님들에게

이건창*

가을 겨울 어름에 가장 회포가 많아,
누추한 집에서 발자국 소리만 들려도 웃으며 대문을 여네[1].
한유는 바닷가에서 처음 태전 스님 만나 대화를 했는데,
산중에서는 누가 찾아온 소동파와 말을 주고받았나[2].

---

* 李建昌, 1852-1898.

1) 《장자(莊子)》「서무귀(徐無鬼)」편에 서무귀가 위 무후(魏武侯)에게 유세를 하고 나오자, 여상(女商)이 어떻게 했기에 무후가 이를 드러내고 웃기까지 하였느냐고 묻자, 서무귀가 답하기를, "저 공허한 곳으로 달아나 족제비나 다니는 산길에 명아주를 엮어 집을 짓고 아무도 없는 황야에 뛰어다니는 자는 사람 발소리만 듣고도 기뻐하는데, 하물며 진인(眞人)의 말을 들려주었는데 기뻐하지 않겠는가."라는 대목이 있다.

2) 북송(北宋) 시대 고승(高僧)인 불인 선사(佛印禪師) 요원(了元)은 소식(蘇軾)의 방외우(方外友)였는데, 하루는 소식이 불인을 방문하자, 불인이 말하기를 "학림학사(翰林學士)가 왕림하셨는데, 앉을 곳이 없으니 어찌한단 말이오." 하므로 소식이 장난삼아 "잠시 화상(和尙)의 몸을 빌려서 선상(禪牀)으로 삼고 싶소이다." 하니, 불인이 말하기를, "이 산승(山僧)이 한 마디 전어(轉語)를 발하여 공(公)이 즉시 답변을 하면 산승이 공의 요청을 따를 것이고, 공이 답변을 하지 못하면 이 산승의 요청에 따라서 공의 옥대(玉帶)를 풀어 산문(山門)을 지키도록 하겠소." 하므로 소식이 이를 승낙하자, 불인이 "산승의 몸은 본래 공허(空虛)한 것인데, 학사는 어디에 앉으려는 것이오." 라고 물었으나, 소식이 얼른 답변을 하지 못하자 불인이 이에 시자(侍者)를 불러 이르기를, "이 옥대를 가져다가 산문을 지키도록 하라."라고 하므로,

머나먼 타향에 유배[3] 온 내가 병든 몸을 가련히 여겨,
말법의 세상 사찰[4]에서 그대들의 재주에 기대려네.
남쪽 암자의 여러 노스님들께
"뒷날 돌아와 다시 찾아 주십사[5]."고 말 좀 전해주오.

南海僧秉演 自大乘菴來訪 能詩解書 書此贈之 且寄菴中諸上人

秋冬之際最難懷 蓬藋跫然一笑開
海上初逢太顚語 山中誰道子瞻來
天涯佩玦憐吾病 法末幢竿賴爾才
寄語南菴諸老宿 他時要踏石頭回

-≪明美堂集≫권5. 南遷紀恩集

소식이 마침내 웃으면서 옥대를 내주었다는 고사를 가리키는 말이다.

3) 결옥(玦玉)은 한쪽이 터진 옥고리로, 원문의 패결(佩玦)은 결옥을 찼다는 말이다. 쫓겨난 신하가 도성 밖에서 명을 기다리다가 왕이 환옥(環玉)을 내리면 돌아가고 결옥을 내리면 군신의 관계를 끊은 것으로 간주하였다는 데서 임금으로부터 버림받아 유배당한 것을 뜻한다.

4) 원문의 법말(法末)은 말법(末法) 혹은 말법시(末法時)와 동의어로, 석가모니가 열반한 뒤 만 년 후에 온다는 시기다. 이 시기에는 교법만 있고 수행이나 증과(證果)가 없다고 한다. 당간(幢竿)은 사찰 입구에 세우는 깃대의 일종으로, 여기서는 사원(寺院)을 가리킨다.

5) 원문의 석두(石頭)는 중국 당나라 때의 희천 선사(希遷禪師)를 가리킨다. 불교의 선종(禪宗), 특히 조동종(曹洞宗)의 여름 수행 기간인 하안거(夏安居)의 모임을 강호회(江湖會)라고 하는데, 당나라 때 강서(江西)에 살았던 도일 선사(道一禪師) 마조(馬祖)의 문하(門下)와 호남(湖南)에 살았던 희천 선사 석두의 문하를 오가며 승려들이 참선했던 고사에서 유래한다.

섬에서 나오며*

황현**

철쭉꽃 우거진 곳에 붉은 눈이 쌓였으니,
동풍이 불어와 피고 지게 만드네.
첩첩한 산과 바다에는 감상해 줄 이 없어,
오직 봄을 찾는 벌과 나비만 날아드네.

유랑은 삼구로도 가난을 잘 견뎠으니[1],
한 이랑엔 유채[2]요, 한 이랑엔 파로다.
작은 밭에 닭 울 즈음 봄비 그치니,
비스듬한 갓 그림자 유채꽃 속에 있네.

---

* 1902년(광무6), 매천이 48세 되던 해에 지은 시들이다.

** 黃玹, 1855-1910.

1) 유랑(庾郎)은 중국 남제(南齊) 때의 유고지(庾杲之)를 말하고, 삼구(三九)는 세 가지 부추[韮] 반찬을 말한다. 유고지는 매우 청빈하여 부추 나물 세 가지만 먹고 살았는데, 임방(任昉)이라는 사람이 장난삼아 말하기를, "누가 유랑더러 가난하다고 하는가. 어채(魚菜)를 항상 27가지나 먹는다오." 한 데서 온 말이다. 세 가지를 27가지라고 한 이유는, '구(韮)' 자의 음이 '구(九)' 자와 같으므로 숫자로 바꾸어 3에다 9를 곱하였기 때문이다.

2) 원문의 운대(芸臺)는 운대(蕓薹)라고도 하며 십자화과의 두해살이 풀인 평지, 혹은 유채(油菜)를 말한다.

항구에 가득한 고깃배가 시끄럽지 않은 걸 보니,
포구의 백성들 아직은 벼슬아치를 높일 줄 아는군.
푸르고 싱싱한 물고기 조석 끼니마다 오르니,
귀양 온 것도 나라의 은혜라 중얼거리네.

소동파는 무슨 마음으로 귀신의 일 얘기했나[3],
한퇴지는 무료하여 승려의 절 찾았었지[4].
바다 해 높이 솟아[5] 시골 아이들 모여드니,
끼니도 아랑곳 않고 글을 가르쳐 주네.

어두운 창 비바람 쳐 잠들기 어려운데,
수후[6]엔 삼경에 이름 모를 새 울어댔었지.
지도[7]의 푸른 산이 눈에 삼삼하니,
부디 이 시를 정병조[8]에게 전해 주게나.

---

3) 소동파가 유배를 당해 황주(黃州)와 영외(嶺外)에 있을 때, 매일 같이 객들과 해학적인 이야기를 하기를 즐겼는데, 잘하지 못하는 자가 있으면 귀신 이야기라도 지어서 하라고 권하였다는 고사가 있다.

4) 한유가 황제의 미움을 받아 조주(潮州)의 자사로 좌천되었을 때, 그곳 축융봉(祝融峯)에서 도를 닦고 있던 태전 선사(太顚禪師)를 만나보고는 그의 높은 도력과 인품에 매료되어 깊이 교분 쌓았던 일을 말한다.

5) 원문의 삼간(三竿)은 일고삼장(日高三丈)과 같이 해가 세 길이나 떠올랐다는 뜻으로, 날이 밝아 해가 벌써 높이 뜸을 이르는 말이다.

6) 수후(水候)는 해변의 정찰 초소를 말한다.

7) 지도(智島)는 전라남도 신안군 지도읍에 속한 섬이다.

出島路中 代說謫居近況 寄慰養泉 又托轉寄葵園智島謫居

躑躅花深絳雪堆 東風吹落又吹開
海山千疊無人賞 惟有尋春蜂蝶來

庾郎三九耐貧工 一畒芸臺一畒葱
小圃雞鳴春雨歇 斜斜帽影菜花中

滿港漁舟靜不喧 浦民猶識大夫尊
一盂朝夕魚如玉 自道居停也國恩

坡老何心談鬼事 昌黎無賴到僧廬
三竿海日村童集 不問廚烟爲授書

暗牕風雨夢難成 水候三更怪鳥鳴
智島青山紛在眼 此詩須寄鄭寬卿

-《梅泉集》권4. 壬寅稿

---

8) 한말의 유학자인 정병조(鄭丙朝, 1863-1945)의 자는 관경(寬卿), 호는 규원(葵園), 본관은 동래(東萊)로, 판관 기우(基雨)의 아들이며, 만조(萬朝)의 아우이다.

고려·조선시대 시문에 나타난 「유의고사」 관련 시와 그 의미

1. 머리글

중국 廣東省 동남부의 潮州는 唐代 韓愈(768-824)의 左遷地로 널리 알려진 곳이면서 조선시대 상당수의 우리 詩文과도 관련이 깊은 곳이다. 당나라에서는 30년마다 한 차례씩 法門寺의 탑에 보관하던 佛骨(부처의 손가락뼈)을 공개하여 백성들의 평안과 풍년을 기원하곤 하였다. 憲宗이 元和 14년(819) 행사 때 이를 궁궐 안에 영입하여 사흘 동안 봉양하자, 상하 관료들은 물론 일반 백성들까지 이 일에 골몰하는 사태가 벌어졌다. 당시 刑部侍郞으로 있던 한유는 〈論佛骨表〉를 지어 올렸고, 이 상소문이 헌종의 逆鱗을 건드려 마침내 潮州刺史로 좌천되었던 것이다. 그 해 4월 조주에 부임한 한유는 10월에 袁州刺史로 발령 나기까지 사이에 太顚(732-824)이라는 승려와 交遊를 하였고 작별을 할 때는 자신의 의복을 남겨주었다고 한다.

> 조주에 있을 때에 태전이라는 노승 한 분이 계셨는데, 자못 총명하고 도리를 알았습니다. 먼 곳이어서 함께 대화를 할 상대가 없는지라 산에 있는 그를 고을로 불러 10여 일을 머물게 하였습니다. … 그와 더불어 이야기를 하다 보면 비록 다 이해할 수는 없었으나 가슴속에서 요점이 막히지 않고 나왔습니다. 그래서 얻기 드문 일이라고 생각하여 왕래하게 되었습니다. 바닷가에 제사를 지내러 갔다가 그의 거처를 찾아가기도 하였습니다. 이곳 원주로 떠나오게 되어 의복을 남겨주고 이별하였는데, 그것은 사람 사이의 정 때문이지 그의 불법을 받들어 믿거나 복과 이익을 얻기 위해서는 아니었습니다.[1]

이러한 僧俗間의 交遊, 그 가운데서도 文士와 僧侶間의 교유[2]에 대한 故事逸話는 일찍이 東晋時代 詩人 陶淵明과 東林寺 승려 慧遠·道士 陸修靜 사이의 虎溪三笑[3]로부터 비롯되었다고 할 수 있다. 이들은 당시 儒·佛·道의 각기 다른 사상을

---

1) 韓愈, 「與孟尙書書」『韓昌黎全集』권18, 台北:新文豊出版公司, 1977, 제2책 161쪽. "潮州時 有一老僧 號大顚 頗聰明 識道理 遠地無可與語者 故自山召至州郭 留十數日 … 與之語 雖不盡解 要自胸中無滯礙 以爲難得 因與來往 及祭神至海上 遂造其廬 及來袁州 留衣服爲別 乃人之情 非崇信其法 求福田利益也."

2) 이를 方外神交(趙宗著,「答性聰書」, 『南岳集』권4), 托交方外(任弘亮,「關東紀行」, 『敝帚遺稿』권3), 方外之交(任埅, 「與明眼上人書」, 『水村集』권8)라고 한 바 있다.

3) 이 고사는 宋代 陳聖俞의 「廬山記」로부터 널리 알려졌고, 文人畵의 주요 畵題가 되기도 하였다.

대표하는 인물이면서도 그들의 교유를 통해 萬法歸을 상징적으로 보여주고 있다. 그러나 한유의 경우, 자신이 그토록 꺼려했던 불교의 司祭인 태전과 교유를 하였고 작별에 임해서는 자신이 입던 옷을 그에게 남겨주었음에도 불구하고 위의 인용문에서 볼 수 있듯이 '사람 사이의 정 때문'이라고 함으로써 호계삼소 고사와는 다른 분위기를 후세에 전해주었다.

이로 인해 이 땅의 문사들도 시문을 통해 한유가 처하였던 입장을 자기 나름대로 해석하기도 하고, 승려와 교유하고 있는 자신의 입장을 시에서는 用事를 통해 比喩하였으며, 산문에서는 典據로 내세우기도 하였다. 혹자는 불교에 대하여 友好的인 입장을 또 다른 이는 排佛의 입장을 용사와 전거로 나타내기도 하였다. 이들 자료를 각기 나타나 있는 樣相別로 考察해보고, 그 문학적 의미에 대해서도 살펴보고자 하는 것이 이 글의 목적이다. 다만, 고려중기 이전에는 이 글의 주제와 관련되는 자료가 많지 않으므로 고려후기와 조선시대의 문집으로 자료를 한정하여 논하고자 한다.

2. 文士·僧侶間 交遊 比喩

한유와 태전의 고사로 문사와 승려간의 교유, 즉 方外之交를 나타낸 글은 詩文에 두루 보이지만 특히 시에 많은 편이다.

그대 보지 못했는가, 당나라 때
한유와 태전이 일찍이 사귀었던 것을.
천년이 지난 지금까지도
어제 일인 듯 전하고 있네.
본심만 잘 추슬러 잃지 않는다면
선비와 스님이 사귄들 그 어떠하리.

君不見有唐韓夫子嘗與太顚一相從
至今千載傳無瑕 操得本心不自失 儒與釋交其乃何[4]

尹祥(1373-1455)이 더운 여름날 어느 승려로부터 부채를 선물 받고 쓴 시다. 자신과 그 승려와의 교유를 한유와 태전의 고사에 빗대어 표현하였다. 고사에서는 문사가 승려에게 옷을 선물하였는데, 이 시에서는 승려가 문사에게 부채를 선물한 것으로 바뀌었으나 달라진 것은 없다. 마무리를 儒釋相交가 무슨 문제가 있느냐고 하지 않았는가.

혜원 스님 백련사를 결성하여
풍류시인 도연명을 끌어들였지.
조주에선 태전 스님에게 한퇴지가
옷을 선물하고 바닷가에서 작별했다네.
즐거워라 이고는 약산을 만나 쥐구멍을 찾았으니[5],

4) 尹祥, 「謝僧惠扇」의 일부, 『別洞集』 권1.

동조하든 막역함을 논하든 다 쓸데없는 일.
아득히 천 년 전 선철들을 그리워하노라니,
남기신 풍모가 늠름하여 나약한 자를 일으켜 세워주네.

遠公結社白蓮中 引得風流陶康節
潮洲又有太顚僧 吏部留衣海上別
樂夫鳥竄李翶藥 不必同調論莫逆
悠悠千載慕前哲 遺風凜凜猶懦立[6)]

위의 시는 金守溫(1410-1481)이 學祖上人이라는 승려의 詩卷에 부쳐준 시다. 김수온도 자신과 학조상인과의 교유를 혜원과 도연명, 한퇴지와 태전, 이고와 약산이 교유한 옛일에 빗대어 표현하였다. 김수온은 문사가 승려의 佛法에 동조하였든 문사와 승려가 그저 막역하게 교유만 하였든 그런 것을

---

5) 한유의 문인이었던 李翶(?-844) 또한 불교에 대해서는 비판적이었다. 그가 藥山 惟儼(751-834)을 찾아갔다가 승복한 일은 『傳燈錄類』를 통해 널리 알려져 있다. 이고가 유엄선사에게 절을 하자 유엄은 앉아 있기만 하고 인사를 받지 않았다. 그러자 이고가 말했다. "눈으로 보니 듣던 것과는 딴 판이오." 멀리서 들을 때는 도통한 스님이라 해서 찾아왔는데, 직접 보니 한낱 하찮은 늙은이에 불과하다는 조롱의 말이었다. 이 말을 들은 유엄은 껄껄 웃으며 대답했다. "그대는 어찌 귀는 그렇게 중히 여기고, 눈은 그리도 천하게 여기시오?" 자신의 잘못을 깨달은 이고가 옷깃을 여미고 다시 절을 하자 유엄은 후원에서 물을 길어 병에 담아 바위에 앉았다. 그때 이고가 다짜고짜 물었다. "어떤 것이 道입니까?" 유엄은 한 손가락으로 하늘에 떠가는 구름을 가리키더니 다시 병에 길어온 물을 가리켰다. 이고가 영문을 묻자 유엄이 대답했다. "구름은 저 푸른 하늘에 있고 물은 이 병에 있소. (雲在靑天水在甁)"

6) 金守溫, 「題學祖上人詩卷」의 일부, 『拭疣集』 권4.

따지는 것이 무슨 소용인가 라고 묻고 있다. 노언명과 한퇴지는 승려와 막역하게 교유한 예로, 이고는 약산으로 인해 불법에 동조한 예로 들고 있다.

> 패옥과 의복이 어쩌면 그리 찬란한가,
> 바닷가서 만날 줄은 기약조차 못 했었네.
> 토산물로 옷을 남긴 신의를 표하나니,
> 이슬 내리고 가을바람 불어 석별하는 때이네.
>
> 霞佩雲裳何陸離 相逢海外豈曾期
> 土宜聊表留衣信 玉露金風惜別時[7]

위의 시는 1590년(선조23) 通信副使로 金誠一(1538-1593)이 일본에 갔을 때 그곳 摠見院의 장로인 玉甫의 시에 차운한 절구 2수 가운데 두 번째 것이다. 문사인 김성일이 섬나라인 일본의 바닷가에서 승려인 옥보를 만나 교유하다가, 석별에 임하여는 한유처럼 옷을 남기는 대신 조선의 토산인 黃布를 옥보에게 주었다는 것이다. 자신과 옥보의 교유를 한유와 태전의 고사에 빗대어 표현하고 있음을 알 수 있다. 이렇듯 일본에 통신사로 가서 그곳의 승려와 교유하다가 이별하는 자리에서 한유의 고사에 빗대어 시를 지어준 예는 南龍翼(1628-1692)에

7) 金誠一, 「次摠見院僧玉甫韻」, 『鶴峰逸稿』 권2.

게서도 발견된다.

> 보배 뗏목은 가섭을 우러르는데,
> 절에서 밀물 같은 범패 소리를 듣네.
> 마음에 어찌 먼 간격이 있으랴,
> 시는 곧 태전과 삼료로세.
> 기운이 활달하매 봉우리가 걸림이 없고,
> 이야기가 청아하니 더위가 덤비지 못하네.
> 나의 가는 길이 고해로 아득하니,
> 피안에 돛대를 멈추리라.

> 寶筏瞻迦葉 琳筵聽唄潮 襟期寧楚越 韻語卽顚寥
> 氣豁峯無礙 談淸暑不驕 吾行迷苦海 彼岸可停橈[8)]

남용익은 1655년(효종6) 4월에 일본으로 가는 통신사 서장관에 임명되어 6월초에 부산항을 출발하였다. 이듬해 2월에 귀국하기까지 일본에서 지내는 동안 中達과 紹柏이라는 승려의 안내를 받고 시를 화답하기도 하였다. 위의 시는 남용익이 중달이라는 승려에게 지어준 시다. 頷聯의 顚寥는 太顚과 參寥를 가리킨다. 삼료 또한 北宋의 문사인 蘇軾과 교유하였던 詩僧이다.

---

8) 南龍翼, 「達柏兩僧同行屢日 要得一語 各贈短律」, 『壺谷集』 권11. 扶桑錄.

세상일로 늙어 가며 피곤한 채로 미적미적
돌아간들 문 닫고서 드러누울 집이나 있나.
길만 바쁘게 쏘다니다 어느새 저문 세월이요,
성곽을 다시 찾았어도 옛사람들은 아니더라.
머리 기른 스님과 우연히 지팡이 함께 짚고
절간의 뜰을 밟아 본 게 정말 얼마 만이던가.
그대들 사제 간의 후한 대접을 받았는데,
졸렬한 시가 어떻게 태전에게 준 옷을 당하리오.

老於供世疲依違 歸又無家堪掩扉
一在道塗歲月暮 重遊城郭人民非
髮僧杖屨不期共 蕭寺房櫳曾見稀
時汝師生厚意足 惡詩得當留顚衣[9)]

崔岦(1539-1612)이 戒澄장로의 제자인 雪英의 詩卷에 부쳐 준 시다. 작자가 계징과 설영, 師弟 사이인 두 승려의 후한 대접을 받고 그 고마움을 시로 표현한 것이다. 자신의 시를 惡詩라고 한 것은 謙辭일 테고, 작자와 두 승려 사이의 교유를 태전에게 옷을 남겨 준 한유의 고사에 빗대어 나타낸 것이다.

바닷가에 위치한 그윽한 관음굴,
천년토록 내려온 외로운 낙산사.

9) 崔岦, 「雪英卷 澄之弟子」, 『簡易集』 권8. 西都錄前.

한퇴지가 벗한 태전은 전생의 그대요,
한퇴지 그는 바로 후생의 나라네.
불경 소린 밤새도록 놀라게 하고,
바다의 파도는 새벽에 몰려오네.
서로 일출을 보기로 약속했으니,
하늘이 맑은지 여부를 묻노라.

海上觀音窟 千年洛寺孤 顚公前世爾 韓子後生吾
禪梵通宵警 溟濤入曉驅 相期看日出 天色問晴無10)

兪棨(1607-1664)가 낙산사의 승려인 도인에게 지어 준 시다. 이 시에서는 태전을 도인의 전생으로, 한유는 유계 자신의 전생으로 진술함으로써 도인과의 교유를 한유와 태전의 고사에 빗대었다. 이 시는 李裕元(1814-1888)의 『林下筆記』 권37에도 소개되어 있다. 이밖에도 한유와 태전의 고사를 시에서 用事를 통해 비유한 사례는 상당수에 이른다. 다음으로는 산문에서 方外之交의 典據로 한유의 고사를 든 사례를 보기로 하자.

예전에 한유는 조주에 좌천되었을 때 태전을 만나 기쁘게 사귀다가 그에게 옷을 남겨 주었다고 한다. 이를 일찍이 나는

10) 兪棨, 「洛山寺 贈僧道仁」, 『市南集』 권2.

> 개인적으로 괴이하다고 여겼었다. 이제 내가 성철 상인을 유배지인 영천에서 만나보니 겉모습은 파리하였으나 정신세계는 기름져서 담론이 총명하고 슬기로웠다. 비록 서로의 도에 도움이 될 수는 없었으나 객지에서의 번민을 달래기에는 충분하였다. 하물며 멀리 귀양 온 처지에 세상의 권세를 잊은 승려가 아니라면 누가 기꺼이 내게 말을 붙이고 교유해 주겠는가. 이로써 한유와 태전의 기꺼운 사귐은 필시 구차하지 않았다는 것을 알게 되었다. 나와 성철 상인의 사귐이 어찌 쓸데없는 일이랴![11]

柳方善(1388-1443)은 1409년(태종9) 아버지가 閔無咎의 옥사에 관련된 것으로 연좌되어 淸州로 유배되었다가 이듬해에 永川에 이배되었다. 1415년에 풀려난 그는 原州에서 지내던 중 참소로 인하여 다시 영천에 유배되어 1427년(세종9)에야 풀려났다. 그가 영천에 머물고 있던 1417년 여름, 公山 道上人의 소개로 性哲이라는 승려를 만나게 되었다. 인용한 것은 성철 상인이 선산이 있는 密陽으로 떠날 때 써준 글의 일부다. 유방선은 처음에 한유와 태전의 사귐을 괴이하게 여겼으나, 성철과의 교유를 통해 方外之交도 구차한 것이 아님을 알게

11) 柳方善, 「送性哲上人歸密陽府拜掃詩序」, 『泰齋集』 권4. “昔韓愈氏於潮州得太顚而悅之 至留衣以與之 余嘗私竊怪焉 今余得哲於永 形癯神腴 談論聰慧 雖道不能相益 亦足以慰旅寓之幽悶也 況於流離遷謫間 苟非山人之忘勢者 孰肯相問而與遊乎 是知愈之悅太顚必不苟 而余之得哲 夫豈徒哉!”

되었다는 것이다.

> 이제 자징 스님을 만나보니 사람됨이 편안하고 자상하며 온화하였다. 그가 쓴 글은 마치 문사들이 쓴 것과 같아 조금도 불교도의 느낌이 나지 않았다. 대개 불심에 자취를 둔 선비라고나 할까. 겉모습을 벗어나서 막힌 것이 없다고 여겨 방외의 사귐을 가지니 서로 함께 하는 뜻이 태전에게 있어서 한창려일 뿐만 아니라 여만에게 있어서 백향산이기도 하였다.[12]

숙종 때의 문사인 任弘亮(1634-1707)이 50여 일 동안 관동 지방의 명승고적을 두루 유람하면서 그때그때의 감회를 시문으로 나타낸 「關東紀行」의 일부다. 작자가 금강산 유점사에 이르러 전날 발연에서 소문으로 들었던 승려 自澄을 만난 所懷를 기록한 대목이다. 자신과 자징을 한유와 태전뿐만 아니라 白居易가 함께 香火社를 결성하여 교유하였던 如滿과의 방외지교에도 비유한 것을 볼 수 있다.

문사와 승려 사이의 교유에 대한 시문의 용사와 전거는 한유와 태전의 고사에서 약간 변형된 모습을 보이기도 하였다. 아래 崔溥(1454-1504)의 「漂海錄」에서 그러한 변형을 확인할

---

12) 任弘亮, 「關東紀行」, 『敝帚遺稿』 권3. 雜著. “今逢澄師 其爲人安詳溫雅 發而爲文辭者 有同騷家者流 少無伊蒲塞氣味 盖迹佛心儒者也 以爲外形骸無滯礙 托交方外 相與之意 不啻昌黎之於太顚 香山之於如滿也.”

수 있다.

12일 항주에 있었음. 이날은 맑았습니다. 신은 정보 등에게 이르기를,

"고벽이 성심껏 나를 대접하여 무릇 보고 듣는 바를 죄다 알려 주고 숨김이 없어서, 나로 하여금 미혹되지 않도록 하니, 은정이 매우 두텁네. 선물로 정을 표하고자 해도 돌아보니, 내 행장에는 사소한 물건 한 가지도 챙겨 둔 것이 없고, 있는 것이라곤 다만 이 옷뿐이니 내가 옷을 벗어서 주고자 하네."

하니, 정보 등이 말하기를,

"전에 옷 한 벌을 벗어 허 천호에게 주었는데, 오늘 또 옷을 벗어 고공에게 준다면 다만 입고 계신 옷 한 벌뿐인데, 머나먼 만 리 길에 옷이 해지면 누가 고쳐 만들겠습니까?"

하므로, 신은 말하기를,

"옛날 사람에 옷 한 벌로 30년을 입은 이가 있었는데, 내가 다른 타향에서 나그네 노릇 한 것은 다만 1년 동안 뿐이고, 지금 날씨가 점차 따뜻해지니, 한 벌 베옷으로도 감당할 수가 있겠네. 또 뱀이나 물고기도 받은 은혜에 감격하여 이를 갚는다던데, 하물며 사람이겠는가?"

하고는, 즉시 옷을 벗어 고벽에게 주니, 고벽은 손을 휘둘러 물리치므로, 신은 말하기를,

"벗이 주는 것은 비록 수레나 말일지라도 배례하지 않는다오. 하물며 이런 자그마한 옷이겠소? 옛날 한퇴지는 옷을 남겨 태전과 작별하였으니, 작별에 이르러 옷을 남겨 두는 것은 곧 옛날 사람의 뜻이라오."

하니, 고벽은 말하기를,

"원래는 물리치려고 했는데 고마운 뜻을 막는 듯합니다."

하면서, 받아 갔습니다.[13]

최부는 1487년(성종18) 9월 推刷敬差官의 임무를 띠고 濟州에 갔다가 이듬해 부친상을 당해 돌아오던 도중 풍랑을 만나 중국 浙江省 寧波에 표류하여, 반년 만에 귀환하였다. 그때 성종의 명을 받고 써서 바친 것이 「표해록」이다. 인용문에 등장하는 許淸은 千戶 벼슬을 하는 관리였고, 顧壁은 杭州 茂林驛의 관리였다. 최부는 한유와 태전의 고사를 언급하였으나 그가 옷을 남겨 준 것은 승려가 아니라 이국의 관리였던 것이다. 문사-승려간 방외지교의 비유로 쓰였던 한유의 留衣故事가 온정에 대한 보답으로 변형되었음을 알 수 있다. 이러한 변형은 시에도 나타난다.

---

13) 崔溥, 「漂海錄」, 『錦南集』 권4. 무신년(1488, 성종19) 2월 12일. "十二日 在杭州 是日晴 臣謂程保等曰 顧壁誠心待我 凡所聞所見 悉告無隱 俾我不迷 恩情甚重 欲表信物 顧我行李一無些子之儲 所有者 只此衣耳 我欲解以與之 保等曰 前日解一衣 贈許千戶 今日又解贈顧公 則所穿之衣 只一件耳 迢遞萬里之路 敝誰改爲 臣曰 古人以一衣三十年者有之 我之作客他鄕 只在一年之間 今時日漸燠 一布衣足以當之 且蛇魚感恩 亦欲報之 而況於人乎 卽解衣與壁 壁揮手以却 臣曰 朋友之賜 雖車馬不拜 況此矮小之衣乎 昔韓退之留衣以別大顚 則臨別留衣 卽古人之意也 壁曰 本欲却之 恐阻盛意 受而去之."

헤어질 때 띠를 풀어 옷 대신 남겨두니,
이것으로 가는 허리 한 둘레 둘러보라.
상상컨대, 단장 마쳐 더욱 예뻐졌을 때,
뉘에게 끌려 비단 휘장으로 들어가려나.

臨分解帶當留衣 教束纖腰玉一圍
想得粧成增宛轉 被誰牽挽入羅幃14)

중종의 부마이자 선조 때의 학자인 宋寅(1517-1584)이 오늘날의 淸州인 西原의 기녀인 玉樓仙에게 장난삼아 써준 시다. 이 시에서는 留衣故事의 옷이 띠로 바뀌었고, 대상 또한 승려에서 기녀로 변형되었다. 이 시가 한유와 태전의 고사와 관련이 있다는 근거는 起句의 '留衣'에 있다. 이 시가 權應仁의 『松溪漫錄』에서는 매우 사랑스러운 香奩體, 곧 艷情詩로 평가되었다.

한퇴지 글을 남겨 태전에게 주었는데,
세간에서 기롱한 지 이미 천년일세.
내 오늘 자네의 사람 보는 눈에 감격하여,
다시 노래를 지어 짤막하게 쓰노라.

14) 宋寅, 「戲贈玉樓仙」, 『頤庵遺稿』 권2.

韓子留書與太顚 世間譏評已千年
我今感汝能看客 復作歌謠寫短箋[15]

尹善道(1587-1671)가 무오년인 1618년(광해군10)에 홍원의 조생에게 지어준 시다. 윤선도는 1616년 성균관 유생으로 당시의 권신인 이이첨 등을 탄핵하는 상소를 올린 일로 함경도 경원으로 귀양을 가는 길에 홍원의 기생인 조생을 만났다. 그 뒤 경상도 기장으로 이배되었는데, 이 시를 지은 무오년(1618)은 기장에 있을 때였다. 여기서는 留衣故事가 한퇴지가 태전에게 편지를 써 보냈던 고사[16]로 바뀌었고, 문사와 승려의 교유가 宋寅의 시에서와 같이 문사와 기녀의 교유로 변형되었다.

3. 親佛 比喻

조선왕조는 유교를 국교로 정하여 공식적으로 불교사상은 이단에 속하지만, 한유와 태전의 고사를 통해 불교 혹은 승려에 대해 우호적인 태도를 보이는 시문 자료가 더러 전하고 있다.

---

15) 尹善道, 「答洪獻趙娘 洪獻洪原也 趙娘趙生也. 戊午」, 『孤山遺稿』권1.
16) 『韓昌黎全集』 제2권에 「與太顚師書」라는 글이 있다.

바쁠 때는 바랑 메고 조용할 땐 참선하면서,
공 스님의 가고 머무름은 인연을 따를 뿐이네.
잠깐 한 석장 이끌어 천령을 하직하고서,
스스로 삼승 호위하러 보련사로 들어가누나.
풀밭에 앉으면 서리 바람이 방석에 스며들 테고,
숲속을 걷노라면 여울물이 발목을 적시리라.
쇠잔한 고을 병든 태수는 제대로 작별을 못해주니,
누가 한문공이 태전 스님 사랑했다 괴이하게 여기랴.

忙裏挑包靜裏禪 空師去住只隨緣
暫携一錫辭天嶺 自衛三乘入寶蓮
草坐霜風侵白氎 林行石瀨濺青纏
殘城病守難爲別 誰怪韓公愛太顚[17]

金宗直(1431-1492)이 寶蓮寺의 주지가 되어 떠나는 空上人을 송별하며 지은 시다. 頷聯의 '天嶺'은 咸陽의 다른 이름[18]이므로, 작자가 함양군수로 있을 때 지은 것임을 알 수 있다. 함양에서 작자와 교유하던 공상인이 보련사의 주지로 가게 되자 그 아쉬움을 토로한 것이다. 頸聯의 '스며드는 서리 바람'과 '흩뿌려지는 여울물'에서 공 상인이 떠난 뒤의 허전함과 쓸쓸함을 나타냈다. 尾聯의 '쇠잔한 고을 병든 태수'는 작자 자

17) 金宗直, 「送空上人住持寶蓮寺」, 『佔畢齋集』 권9.
18) 李荇 等編, 『新增東國輿地勝覽』 권31. 咸陽郡 郡名條 참조.

신을 가리킨다. 마지막 구에서 한유의 태전 사랑이 괴이할 게 없다고 함으로써 유학자인 작자의 불승 혹은 불법에 대한 우호적 태도를 보여주었다.

산과 바다 어디인들 신선의 자취 없으랴만,
유독 오대산이 땅의 영기를 얻었도다.
선경 같은 섬 언저리엔 하늘이 가깝고,
거울 같은 호수에는 달빛이 밝구나.
구름과 비에 가장 먼저 익는 것은 돌피요,
바람과 서리에 쉽게 시드는 건 방초로다.
창려가 의복을 남겨 준 그 뜻,
어찌 인정이라고만 할 수 있으랴.

海岳皆仙蹟 臺山獨地靈 天臨瓊島近 月傍鑑湖明
雲水稊先熟 風霜蕙易零 昌黎留服意 可獨作人情[19)]

인용한 시는 李植(1584-1647)이 五臺山으로 들어가는 慧日이라는 승려를 전송하며 지은 것이다. 이 시의 尾聯에서 작자는 한유의 留衣故事를 거론한 뒤 단순히 태전과의 정 때문에 옷을 남겨 준 것은 아닐 것이라는 여운을 남겼다. 작자는 또

19) 李植, 「送慧日比丘入五臺山 用五峯韻 時余荐經災疾 有感於因果之說 有下句」, 『澤堂集』 권1.

한 제목의 小註에서 "당시 내가 거듭 병을 앓고 나서 인과설에 느껴지는 바가 있었으므로 끝에 그렇게 말하였다."라고 진술한 것으로 미루어, 불승이나 불법에 대해 우호적인 태도를 넘어서서 불교의 因果說을 受容하는 단계로 들어선 것으로 보인다.

> 불문의 좋은 벗으로 그대 같은 사람 드물어,
> 한 문공이 태전 스님과 사귄 것 비슷하네.
> 산방에선 밤늦은 이야기도 꺼리지 않는데,
> 화로에서 피어오르던 연기도 사라지고 촛농도 말랐네.
>
> 勝友空門似子稀 文公好與太顚依
> 山窗不厭終宵話 爐篆全消蠟淚晞[20]

숙종 때의 문신이자 학자인 李玄祚(1654-1710)가 欽師라는 승려의 시에 차운한 것이다. 작자 자신과 흠사의 사귐이 한유와 태전의 교유와 비슷하다고 하면서, 흠사와 산사에서 밤새도록 이야기를 나누었다는 것으로 그 사귐의 일단을 보여주었다. 이어서 산문 자료에 나타나 있는 불교 혹은 불승에 대한 우호적 태도를 보기로 하자.

---

20) 李玄祚, 「次欽師留宿」, 『景淵堂詩集』 권2.

> 우선 우리 유교가 불교에서 취하는 바가 있고 심하게 거절하지는 않는다는 말을 써 준다. 그러나 한퇴지와 유종원은 글을 지어 그 비난을 해명하였지만 나는 애써 해명하지 않는다. 그 까닭은 다음과 같다. 한퇴지와 유종원의 해명은 비난하는 자의 의혹을 없애기에 충분하고, 실제로도 불교에 미혹되지 않은 분들이다. 내가 그 때문에 '한퇴지와 유종원이 불교를 좋아한 것은 마음이 아니라 자취였고 자취가 아니라 형세였다.'라고 하는 것이다. 내가 불교를 좋아하는 것 또한 한퇴지와 같을 뿐이며 유종원과 같을 뿐이다.[21]

徐居正(1420-1488)이 교유하던 道菴 成上人의 제자인 守伊라는 승려에게 써 준 글이다. 작자는 먼저 名儒인 한유와 유종원이 모두 佛僧과 교유하거나 佛法을 좋아하여 사람들에게 비난을 받았으나 불교를 단절하겠다는 말은 한 번도 하지 않았다는 말부터 시작하였다.[22] 이어서 작자는 한유 등이 교유한 승려는 한두 사람에 지나지 않았으나 자신이 교유한 승려

---

21) 徐居正, 「贈守伊上人序」, 『四佳文集』 권4. "姑書吾儒有取於釋氏 而不甚絕之之辭 然退之宗元 爲文以辨其訾 而予不甚辨者 退之宗元之辨 足以祛訾者之惑 而實非惑於浮屠氏者也 予故曰 退之宗元之嗜浮屠 非心也 跡也 非跡也 勢也 予之嗜浮屠者 亦退之而已 宗元而已."

22) 같은 글. "韓退之柳宗元 皆名儒也 宗元在柳州 嗜浮屠法 退之書以訾之 宗元爲文以辨之 其所以辨之者 辨其不惑於浮屠之說耳 然尙有取之之辭 退之旣訾宗元 其在潮州 與大顚相善 或者之訾退之 如退之之訾宗元 退之亦爲文以辨之 其所以辨之者 辨其不惑於浮屠之說耳 未嘗有絕之之辭."

는 曹溪에서 거의 절반이나 된다고 하고[23], 한결같이 불교를 우리의 도가 아니라고 배척하고 도외시한다면 자신은 입을 열 수 있는 날이 없었을 것이라고까지 말하였다.[24]

> 나의 동년 하계경은 문장에 능하고 기개가 남달랐다. 무엇이든 버리는 것이 없고, 심지어는 이단과 도류에서도 또한 그 우월한 것을 취하여 버리지 않았다. 기유년 겨울에 나는 마침 금녕에서 拘幽操를 읊조리고 있었고, 계경은 운점사에서 글을 읽고 있었다. … 어느 날 편지와 함께 승려 한 사람을 보내왔는데 '글을 읽을 줄 아니 더불어 이야기를 나눌 만하고 태전보다 못하지 않다.'고 하였다. … 그의 법호를 물으니 지즙이라고 하였고, 무엇을 배웠느냐고 물으니 한창려집을 배웠다고 하는 것이었다. … 사람은 비록 옛 사람과 지금의 사람이 다르지만, 나는 장차 그대를 태전이라 여기겠네.[25]

인용문의 기유년은 1489년(성종20)으로, 金馹孫(1464-1498)

---

23) 같은 글. "予於是 與浮屠交從者 殆半於曹溪 况退之宗元 在於遷謫之中 其所交遊者 不過一二釋子 非予遍交曹溪者之比."

24) 같은 글. "一以釋氏爲非吾道 斥焉外之 則吾之喙 無日可開矣."

25) 金馹孫, 「贈山人智楫序」, 『濯纓集』 권2. "吾同年河啓卿氏 能文章富氣槩於物無所棄 至於異端道流 亦取其尤者而不遺焉 己酉冬 余方賦拘幽於金寧啓卿氏時讀書於雲岾寺 … 一日 遣一衲來下狀 以爲解文字可與語 不減於太顚云 … 問其號 曰智楫也 問其所學 曰韓昌黎集也 … 古今人雖不同。而吾將以爾爲太顚也."

이 벼슬을 잠시 그만두고 金寧(金海)에 내려가 학문을 닦고 있을 때였다. 하계경은 작자의 同年友인 河沃(1462-?)을 가리킨다. 그는 절에서 글공부를 하면서 이단과 도류라고 할지라도 훌륭한 점이 있으면 취하였다는 것이다. 그는 지즙이라는 승려를 작자에게 보내면서 태전 못지않은 인물이라고 하였고, 작자는 지즙을 태전이라고 여기겠다고 하였다. 작자는 유학자이면서도 불교를 배척하지 않을 뿐만 아니라 우호적으로 여기고 있음을 알 수 있다.

> 군자가 벗을 사귐에 무엇을 기준으로 삼을까. 지내온 자취가 다르더라도 마음이 통하면 사귀는 것이요, 도가 달라도 뜻이 부합하면 사귀는 것이니, 벗의 믿음과 의리를 보고 사귈 따름이다. 어찌하여 방내와 방외를 가릴 것인가. 그런 까닭에 한유가 조주에 좌천되었을 때에 태전이라는 승려와 교유하였던 것이다. … 내연산에 덕경과 설희라는 두 승려가 있다는 말을 들었다. 한 사람은 경사에 밝고 다른 한 사람은 신선을 구하는데, 모두 벗으로 삼을 만하였다. … 청하의 궁벽함이 조주에 못지않고, 용성의 빼어난 경치도 내연산을 능가하지는 못한다. 때때로 이들 방외인과 교유하며 산수에서 노닐기도 하고 방장에 등을 걸기도 하였다. 더러는 꽃 피고 달 뜰 때 만나기로 하기도 하고 시를 지어 화답하기도 하였다. … 나로 하여금 낯선 변방에서 즐겁게 살도록 해주고 갇혀 있는 시름을 편안히 풀도록 해준 것은 기실 두 스님의 도움 때문이었다. 그래서 남들은 벗이 될

> 수 없다고 할지라도 나는 반드시 벗이라고 이를 것이다.[26]

이 글을 쓴 柳潚(1564-1636)은 1623년 인조반정이 일어났을 때 역신인 李爾瞻의 심복으로 지목 받아 淸河로 유배되었다. 청하에 위리안치 되어 있던 1624년(인조2) 3월에 이 글을 썼다. 유배지에서 말이 통하는 승려 두 사람을 만났으니, 한유와 태전의 고사를 떠올릴 만하다. 작자는 벗을 사귀는 기준이 지내온 자취나 사상에 있지 않고 마음이 통하고 뜻이 부합하는가에 달려 있다고 하였다. 그리하여 남들이 문사인 유숙과 승려인 덕경과 설희가 벗이 될 수 없다고 하여도 작자 자신은 벗이라고 하겠다는 것이다. 불교에 대해 우호적인 태도가 엿보인다고 하겠다.

> 옛날 왕희지는 회계내사가 되었을 때 승려인 지도림과 명승지를 다니며 교유하였다. 한문공은 조주자사로 좌천되어서 태전스님을 만나 더러 부르기도 하고 더러 암자로 찾아가기도 하다가 옷을 남겨주고 헤어지기에 이르렀다. 예로부터 문사들

26) 柳潚, 「贈內延山人德瓊雪熙詩序」, 『醉吃集』권5. "君子之取友也何常 跡異而心同則取之 道殊而志合則取之 取其信與義而已 奚擇乎方之內外哉 是以韓愈之謫潮州也 與僧太顚遊 … 聞內延山有兩僧 曰德瓊曰雪熙 一則通經史 一則治神仙 皆可與友者 … 淸河之絕遠 不下於潮州 龍城之勝槪 不高於內延 時與方外之交 蠟屐水石 縣燈方丈 或以花月相期 或以詩篇相和 … 使我樂居荒裔 安其囚而舒其愁者 實二師之所助 則人雖曰非友 我必謂之友也."

> 은 모두 방외인과의 교유를 하였다. 그들과 더불어 육신을 도외시하고 도리로써 자신을 절제하였다. 이 어찌 도는 비록 다르나 그 나아간 바의 고상하고 아름다운 취미는 실로 서로 감발함이 있다는 것이 아니겠는가? 나는 일찍이 능엄경의 뜻이 깊고 오묘하다고 들어 한 차례 강론을 들었으면 한 지 오래 되었는데 이제 스님을 만나게 되어 마음속으로 다행스럽게 여겼다. … 집사람의 병이 조금 나아지기를 기다려 어린 종이 딸린 나귀에 올라 공무를 벗어던지고 표연히 절을 찾아가 한 차례 고상한 말씀을 들으면 호계의 웃음이 이로부터 비롯되리라.[27)]

숙종 때의 문신인 任埅(1640-1724)이 明眼上人이라는 승려에게 보낸 편지글의 일부다. 王羲之와 한유의 고사를 들어 예로부터 方外之交가 보편적이었음을 말하였다. 이 글에서는 유학자이기도 한 작자가 불경의 하나인 능엄경에 매료되어 강론을 들을 각오까지 분명히 하였다. 불교나 불승에 대해 우호적인 태도를 넘어서 친화적인 모습을 보여주었다고 할 수 있겠다. 그러고는 陶淵明·慧遠·陸修靜의 虎溪三笑 고사를 전거로 내세우며 마무리를 지었다.

---

27) 任埅, 「與明眼上人書」, 『水村集』 권8. "昔王右軍拜會稽內史 與支道林爲名勝之遊 韓文公刺潮州 遇太顚師 或召至或造廬 至留衣服爲别 自古聞人韻士皆有方外之交 與之外形骸 以理自勝 豈非以道雖不同 而其造詣之高趣味之佳 實有所交相感發者耶 埅夙聞楞嚴旨意深玅 思欲一講久矣 今而遇師 心竊爲幸 … 待得室家病憂少間 當以小奚蹇驢 脫去朱墨 飄然相訪於雙林雨花之天 一聞玉麈高談 虎溪之笑 自此始矣."

4. 排佛 比喩

불교 왕조였던 고려후기에 누구보다도 앞장서 불교를 배척하였던 인물은 단연 鄭道傳(1342-1398)이었다. 주지하다시피 그는 불교를 이론적으로 배척하기 위해 주자학적인 입장에서 불교의 우주론, 인과론, 윤리론 등을 상세히 비판한 「佛氏雜辨」을 저술하여 불교와 노장을 함께 비판하였다. 그의 그러한 입장을 분명히 보여주는 또 하나의 자료가 鄭夢周(1337-1392)에게 보낸 편지다.

> 요즘 오고 가는 말을 들으니 달가가 『능엄경』을 보는 것이 마치 불교에 현혹된 자와 같다고 합니다. 내가 이 말을 듣고, "달가가 『능엄경』을 보지 아니하면 어찌 그 말의 사특함을 알겠는가? 달가가 『능엄경』을 보는 것은 그 속의 병통을 찾아서 고치려고 함이지 그 도를 좋아하여 정진하려 함은 아니다." 하고, 또 나 혼자 말하기를, "나는 달가가 반드시 부처에 미혹하지 않았음을 보증한다." 하였습니다. 그러나 중국의 한창려가 한번 태전과 더불어 말한 것을 가지고 뒷세상에서는 곧 구실을 삼아 소문을 퍼트렸습니다. 달가는 다른 사람들이 믿고 따르는 분이 되었으므로, 실로 달가의 하는 바에 따라 지금 우리 도의 흥폐가 달려 있으니, 자중하지 않을 수 없는 일입니다.[28]

---

28) 鄭道傳, 「上鄭達可書」, 『三峰集』권3. "近聞往來之言 達可看楞嚴 似佞佛者也 予曰 不看楞嚴 曷知其說之邪 達可看楞嚴 欲得其病而藥之 非好其道而欲

이 글에서 작자는 한유와 태전의 고사를 이끌어 정몽주가 『능엄경』과 같은 불경에 관심을 가지고 읽는 것은 '뒷세상의 구실'이 될 수 있으므로 자중하지 않을 수 없다고 충고하고 있다. 그 말 속에는 한유 또한 불교를 받아들인 것이 아니었는데 태전과 교유함으로써 다른 사람들의 오해를 불러 일으켰다는 의미가 포함되어 있다. 그런데 이 글에 대해 후대에 달리 해석한 것이 있어 흥미롭다. 정조 때의 학자로 「三家略」을 지어 이단을 배척한 黃德壹(1748-1800)의 글이 그것이다.

> 포은선생은 여말에 태어나 도학을 창도하고 성리학을 정밀히 연구하여 목은이 동방이학지조라고 칭하였다. … 신라시대 이래로 불교를 받들어 믿어 고려시대에는 더욱 성하였다. … 선생은 의연히 홀로 서서 사서인으로 하여금 주자가례를 따르게 하였다. … 공민왕 초에 비로소 경연을 열고 가장 앞장서서 유불이 다름을 말하였으니 우리나라에서 이단을 배척한 공은 선생이 으뜸이다. 정도전 또한 선생이 성균장교로 있을 때 그 말씀을 들은 사람이다. 그가 일찍이 선생께 올린 글에 … 라고 하였는데, 그 뜻을 살펴보면 거의 선생을 정말 불교에 아첨한 사람으로 만들고 자신이 불교를 배척한 것으로 자임한 것은 무슨 까닭인가? … 후세 사람들은 정도전의 간악한 음모를 모르

精之也 旣而私自語曰 吾保達可必不佞佛 然昌黎一與太顚言 後世遂以爲口實 達可爲人所信服 其所爲繫於斯道之廢興 不可不自重也."

> 고 더러 이르기를 여말에 불교가 크게 유행하여 비록 포은 같이 현명한 분도 세속을 따르는 것을 면치 못했다고 하는 자들조차 있으니, 이는 가리지 않을 수가 없다.[29]

정도전이 마치 배불론자의 기수인 듯이 알려져 있지만 사실은 정몽주야 말로 이단을 배척하는 데 앞장을 섰으며, 정도전은 다른 목적을 가지고 정몽주를 불교에 아첨하는 자로 몰고 갔다는 것이다. 그 다른 목적을 작자는 정도전이 고려왕조를 무너뜨리는 데 가장 큰 걸림돌인 정몽주를 지탄의 대상이 되게 하여 마침내 없애버리고 사람들로 하여금 자신의 잘못이 아닌 것으로 믿게 하려는 것이었다고 하였다.[30] 불교를 배척하는 데 앞장을 선 것이 정몽주이든 정도전이든 간에 이 글을 쓴 황덕일 또한 배불의 입장을 분명히 한 셈이다.

> 한퇴지는 태전과 서로의 뜻이 통했지만,

29) 黃德壹, 「書鄭道傳上達可書後」, 『拱白堂集』 권3. "圃隱鄭先生生於麗季 倡明道學 精研性理 李牧隱稱之日東方理學之祖 … 自羅代以來 崇信釋教 至麗尤盛 … 先生毅然獨立 令士庶倣朱子家禮 … 恭愍初 始開經筵 首陳儒佛之辨 我東闢衛之功 先生爲首矣 鄭道傳亦先生成均掌教時 與聞其緖言者也 嘗上先生書曰 … 觀其意 殆若以先生眞爲佞佛 而自處以闢佛之任者何也 … 後人不識道傳之奸謀 或謂麗末佛道大行 雖以圃隱之賢 猶未免於從俗云者亦有之 此不可以不辨也."

30) 같은 글. "當是時 道傳欲爲剪除王氏 而心素忌憚者惟先生一人而已 於是 創爲佞佛之說 熒惑衆聽 以售具戕害之計 而使人莫己非也."

구담의 도를 스승 삼은 것은 아니었네.
우리들을 낳고 기름은 본디 유래가 있는 것이니,
우리 도로 곤내를 교화하고 싶어라.

太顚韓子相知意 不是瞿曇道可師
生養吾人元有自 欲將斯敎化髡耏[31)]

선조 때의 문신이자 학자인 曺好益(1545-1609)이 淸山人과 靜山人이라는 두 승려에게 지어준 시다. 한유가 태전과 서로 뜻이 통하여 교유하기는 하였으나 불제자가 된 것은 아니라고 하였다. 뿐만 아니라 성리학의 도리로 髡耏를 교화하고자 한다는 의지를 밝히기도 하였다. '곤내'는 본디 머리를 깎는 형벌을 가리키는데, 여기서는 승려를 지칭한 것이다.

옛날에 한퇴지가 불골표를 올려 대들었다가 조주로 유배되어서는 태전과 서로 왕래하였으며, 심지어는 의복을 남겨 두고 이별하기까지 하였다. 그러자 당시에 부처에게 아첨하여 복을 구하였다고 비난하는 자가 있었으며, 후세에도 역시 이것을 가지고 의심하는 자가 없지 않았다. 한퇴지는 참으로 호걸스러운 선비이다. 어찌 한번 자신의 뜻이 꺾였다고 해서 자기의 도를 무너뜨리고 상대를 따를 자이겠는가. 아마 태전의 재주를 아까

31) 曺好益, 「贈淸靜兩山人」, 『芝山集』권1.

> 위하여 그의 재주가 이 세상에 쓰이지 않은 채 공허한 불교에 빠져 있는 것을 애석하게 여겨 그랬을 것이다. 한퇴지의 마음 역시 천지에 대해서 유감이 있었던 것인가![32]

金堉(1580-1658)이 加平에 살고 있을 때 雲岳山의 文殊寺에서 得一이라는 승려를 만나 이야기를 나누게 되었는데, 그 승려는 학문과 시적 재질을 갖춘 方外韻士였다는 것이다.[33] 그런 훌륭한 인물이 불교에 빠져서 그 재주가 세상에 쓰이지 못하는 것이 안타깝다며 쓴 글의 일부가 위의 인용문이다. 한유가 태전과 교유한 것은 그의 재주가 선방에서 썩는 것이 안타까워서였을 것이라고 하였다. 작자 자신도 득일이 헛되이 살다가 부질없이 죽어갈 것이 몹시 애석하다고 탄식하였다.[34]

> 불가에 묘한 뜻이 따로 있는 것도 아닌데,
> 그저 난해한 말만 해대니 입에 올릴 게 못돼.

---

32) 金堉, 「贈懸燈山一老師序」, 『潛谷遺稿』 권9. "昔韓退之抗表論佛骨 而謫潮州 與太顚相往來 至於留衣服爲別 當時 有以佞佛求福諂之者 而後世 亦不能無疑 退之固豪傑之士也 豈因一催折 毁其道而從之者耶 蓋愛太顚之才 惜其不見用而淪於空寂也 退之之心 其亦有憾於天地乎!"

33) 같은 글. "余自數年以來 卜居于加平淸德之洞 聞郡之西縣 有雲岳山 最奇絕 乃蠟屐而登焉 遂造於所謂文殊寺者 則有八九雲衲 趺坐而誦經 其中主法者 老師得一也 觀其貌 秀而奇 聽其言 淸而簡 與之坐而叩其所有 則於其學已博洽無蘊 而胸中豁然無少滯礙 又善於詩 鏘然有金石之響 蓋亦方外之韻士也."

34) 같은 글. "若師之以而虛生浪死者 又不知有幾許人哉 其亦可惜之甚也."

아래윗니 세 번 마주치고 한 소리로 외치기를,
한문공이 태전의 불문에 빠지기라도 했더냐?

僧家妙旨別無存 只爲難言故不言
叩齒三通仍一喝 韓公傾倒太顚門[35)]

정조 때의 문신인 趙璥(1727-1789)이 지은 위의 시는 다소 격앙되어 있다. 그 역시 한유가 태전과 교유한 옛일을 거론하면서도 한유가 결코 불문에 傾倒된 것은 아니었다는 것을 강조함으로써 자신의 노선을 분명히 하였다.

정도전의 경우는 한유의 고사를 경계로 삼아 전철을 밟지 않아야 한다는 것이었고, 조호익이나 김육, 조경 등은 한유의 입장을 대변하면서 그것을 통해 자신의 배불적 입장을 표명하였다. 불교를 이단으로 삼거나 배척하는 이론적 근거를 제시하였다기보다는 한유의 고사에 빗대어 자신의 선택이 배불임을 말하였다고 할 수 있다. 이러한 점을 金昌協(1651-1708)은 아래와 같이 지적하였다.

儒者들이 대부분 다 불가를 배척하지만 불가의 학문을 진정으로 아는 사람은 드물다. 한유, 구양수 같은 諸公들은 오직

35) 趙璥, 「齋居雜詠」 총41수 중 제15수, 『荷棲集』 권3.

> 그 드러난 자취를 근거로 공격하여 "인륜을 도외시하고 사물을 빠뜨린 채 자신의 사사로운 이익만 추구할 따름이다."라고 했을 뿐, 실상을 이해하는 본원적인 견해의 잘못에 대해서는 깊이 알고 분명히 말하지 못하였다.[36]

이 글에서는 한유나 구양수 등이 불교를 학문적으로 깊이 이해하지 못한 채 겉으로 드러난 자취만을 가지고 공격한 것을 비판하였다. 그리고 이렇게 말함으로써 한유의 입장을 두둔하거나 대변한 사람들의 견해 또한 피상적인 배불에 지나지 않음을 간접적으로 지적한 것이다. 김창협은 불교에 대한 이론적인 비판이 程朱에 이르러서 이루어졌음을 다음과 같이 진술하였다. 요컨대, 성리학에서 말하는 性命의 이치를 확고하고 분명하게 이해하여 그에 바탕을 두고 佛學의 虛와 邪를 비판해야 한다는 것이다.

> 지난날 程子, 朱子 등의 諸賢이 性命의 이치에 대해 참으로 본 것이 있어 과거로부터 전해 내려온 聖學을 깊이 연구하지 않았더라면 어떻게 털끝만한 차이가 있는 듯 없는 듯한 데서 변별하고 분석하여 虛實과 邪正의 기준을 확고하게 정함으로써 끝내 안으로 우리 유학을 발전시키고 밖으로 불가를 물리치

36) 金昌協, 「內篇二」, 『農巖集』권32. 雜識. "儒者類皆闢佛 而眞知佛學者亦少 如韓歐諸公 只據其跡而攻之 不過曰外人倫遺事物 自私自利而已 若其本原實見之差 則未有能深知而明言之也."

는 공을 이룰 수 있었겠는가. 만약 나에게 내면을 향해 마음을 다스리는 공부가 없다면 저들의 마음을 복종시킬 수 없음은 물론이려니와, 비록 마음을 다스린다 하더라도 성명의 이치에 뿌리를 두지 않는다면 장차 무엇을 가지고 저들의 膏肓에 일침을 가하겠는가. 이것이 昌黎가 불가를 배척하였으나 끝내는 太顚에게 꿀렸던 까닭이요, 象山 陸九淵이 禪學을 공격하였으나 紫陽 朱熹에게 비웃음을 사기에 딱 좋았던 까닭이다.[37]

5. 마무리 – 用事와 典據로서의 韓愈·太顚 逸話의 意味

조선왕조가 유교를 국교로 천명하며 불교 등을 이단으로 몰기는 하였으나 고려 때까지의 불교적 관성이 일시에 멈춰지지는 않았을 것이므로 시종일관 闢佛로만 나아갈 수는 없었을 것이다. 또한 사찰이 도회를 떠나 산 속으로 들어갔다고 하여도 문사와 승려의 교유가 완벽하게 단절되기는 어려웠을 것이다. 그러한 가운데 어떤 이는 불교나 불승에 대해 우호적인 생각을 가지기도 하였고, 어떤 이는 배타적인 생각을 가지기도 하였을 것이다. 공식적으로 유교 국가인 조선조에

37) 같은 글. "向非程朱諸賢 眞有見於性命之理 而深究聖學之傳 則亦何能辨析於毫釐疑似之間 以定其虛實邪正之極而卒成內修外攘之烈哉 若在我者無向裏治心之功 則固無以服彼之心 而雖曰治心而 不本乎性命之理 則亦將何執以鍼彼之膏肓哉 此昌黎之闢佛 終見詘於大顚 而象山之攻禪學 適見笑於紫陽者也."

서는 척불이야 공공연하게 주장할 수 있었겠으나 친불 발언은 그렇게 하기가 어려웠을 듯하다. 이에 따라 자신의 직접적인 주장을 피해 이 땅이 아닌 중국의 고사를 이끌어다가 빗대어 표현하는 것이 자연스러운 방식으로 대두되었을 법하다.

그런 방식에 자주 동원되었던 것이 바로 한유의 留衣故事다. 시에서는 이를 用事함으로써 작자 자신과 승려 사이의 교유를 비유하기도 하였고, 친불이나 척불의 입장을 비유적으로 나타낼 수도 있었다. 산문에서는 한유의 고사를 전거로 들어 작자 자신의 승려와의 교유·친불·배불의 입장을 빗대어 표현하였다. 이에 따라 고려나 조선왕조 시대에 한유의 고사는 문사와 승려 사이의 方外之交를 나타내는 대명사(byword)로, 그것도 교유·친불·배불 등 다중적 의미(multi-semy)를 내포하는 대명사로 쓰였음을 알 수 있다.

작가 약력*

※ 강주(姜籒, 1567-1651)

조선조 인조 때의 문신으로, 자는 사고(師古), 호는 채진자(采眞子) · 죽창(竹窓), 본관은 진주(晉州)다. 문한(文翰)의 증손으로, 할아버지는 인(璘)이고, 아버지는 전력부위(展力副尉) 운상(雲祥)이며, 어머니는 윤씨(尹氏)다. 시문과 초서 · 예서 등 서예에 뛰어났다.

※ 강항(姜沆, 1567-1618)

조선조 광해군 때의 문신으로, 자는 태초(太初), 호는 수은(睡隱), 본관은 진주(晉州)이며 전라남도 영광 출신이다. 좌찬성 희맹(希孟)의 5대손으로, 할아버지는 오복(五福), 아버지는 극검(克儉), 어머니는 통덕랑(通德郞) 김효손(金孝孫)의 딸이다. 성혼(成渾)의 문인이다.

1597년(선조30) 정유재란 때 의병활동을 하다가 포로가 되

---

* 작가 소개 내용은 한국학중앙연구원(구 한국정신문화연구원)간, ≪민족문화대백과≫에 의거하였음을 밝혀둔다.

어 일본으로 압송, 오쓰성(大津城)에 유폐되고 말았다. 이곳에서 출석사(出石寺)의 중 요시히도(好仁)와 친교를 맺고 그로부터 일본의 역사·지리·관제 등을 알아내어 《적중견문록(賊中見聞錄)》에 수록, 본국으로 보내기도 했다. 1598년 오사카(大阪)를 거쳐 교토(京都)의 후시미성(伏見城)으로 이송되었다. 이곳에서 후지와라(藤原惺窩)·아카마쓰(赤松廣通) 등과 교유하며 그들에게 학문적 영향을 주었다. 특히, 후지와라는 두뇌가 총명하고 고문(古文)을 다룰 줄 알아 조선의 과거 절차 및 춘추석전(春秋釋奠)·경연조저(經筵朝著)·공자묘(孔子廟) 등을 묻기도 하고, 또 상례·제례·복제 등을 배워 그대로 실행하였으며, 후일 일본 주자학의 개조가 되었다. 두 사람의 도움으로 1600년에 포로 생활에서 풀려나 가족들과 함께 귀국할 수 있었다. 귀국 후에는 향리에서 독서와 후학 양성에만 전념, 윤순거(尹舜擧) 등 많은 제자를 배출하였다.

사후 영광의 용계사(龍溪祠)·내산서원(內山書院)에 제향되고, 일본의 효고현(兵庫縣)에 있는 류노(龍野)성주 아카마쓰(赤松廣通)기념비에 이름이 새겨져 있다. 저서로는 《운제록(雲堤錄)》·《간양록(看羊錄)》·《수은집(睡隱集)》 등이 있다.

▩ 김성일(金誠一, 1538-1593)

조선조 선조 때의 문신이자 학자로, 자는 사순(士純), 호는 학봉(鶴峰), 본관은 의성(義城)이며 경상북도 안동 출신이다. 아버지는 진(璡)이며, 어머니는 여흥 민씨(驪興閔氏)다. 이황(李滉)의 문인이다.

1568년(선조1) 증광문과에 병과로 급제하여 승문원 권지부정자를 시작으로, 왜란 중에는 경상도 관찰사로 활약하며 항전을 독려하다가 병사하였다.

1590년(선조23) 통신부사(通信副使)로 일본에 파견되었는데, 이듬해 돌아와 일본의 국정을 보고할 때 "왜가 반드시 침입할 것"이라는 정사(正使) 황윤길(黃允吉)과는 달리 민심이 흉흉할 것을 우려해 왜가 군사를 일으킬 기색은 보이지 않는다고 상반된 견해를 밝혔다. 임진왜란이 일어나자, 이전의 보고에 대한 책임으로 파직되어 서울로 소환되던 중, 허물을 씻고 공을 세울 수 있는 기회를 줄 것을 간청하는 유성룡(柳成龍) 등의 변호로 직산(稷山)에서 경상우도초유사로 임명되어 의병활동을 지원하였다.

학문적으로 그는 이황의 수제자로 성리학에 조예가 깊었다. 그는 주리론(主理論)을 계승하여 영남학파의 중추 구실을 했으며, 그의 학통은 장흥효(張興孝)－이현일(李玄逸)－이재(李栽)－이상정(李象靖)으로 전해졌다.

안동의 호계서원(虎溪書院)·사빈서원(泗濱書院), 영양의 영산서원(英山書院), 의성의 빙계서원(氷溪書院), 하동의 영계서원(永溪書院), 청송의 송학서원(松鶴書院), 나주의 경현서원(景賢書院) 등에 제향되었다. 이조판서에 추증되었으며, 시호는 문충(文忠)이다.

⊠ 김세필(金世弼, 1473-1533)

조선조 중종 때의 문신이자 학자로, 자는 공석(公碩). 호는 십청헌(十淸軒) 또는 지비옹(知非翁), 본관은 경주(慶州)다. 아버지는 첨정 훈(薰)이며, 어머니는 여산송씨(礪山宋氏)로 학(翯)의 딸이다.

1495년(연산군1) 사마시에 합격하고 같은 해 식년문과에 병과로 급제하여 홍문관의 정자를 시작으로, 대사헌·이조참판에 이르렀다. 1504년 갑자사화에 연루되어 거제도에 유배되었다가 1506년(중종1) 중종반정으로 풀려났다. 1519년 사은사로 명나라에 다녀왔다. 그 해 겨울 기묘사화가 일어나서 조광조(趙光祖)를 사사(賜死)하자, 임금의 처사가 부당하다고 규탄하다가 유춘역(留春驛)으로 장배(杖配)되었다. 1522년(중종17) 풀려났으나 다시는 벼슬에 나가지 않고 고향으로 내려가서 십청헌을 짓고 후진을 교육하였다. 그 뒤 공로를 인정하여 이조판서에 추증하고 충주의 팔봉서원(八峰書院)에 향사되었다. 시호는 문간(文簡)이다.

※ 김수온(金守溫, 1410-1481)

조선조 성종 때의 문신으로, 자는 문량(文良), 호는 괴애(乖崖)·식우(拭疣), 본관은 영동(永同)이며, 아버지는 증 영의정 훈(訓)이다. 세종 때 수양대군·안평대군이 존경하던 고승 신미(信眉)의 동생으로 불경에 통달하고 제자백가(諸子百家)·육경(六經)에 해박해 뒤에 세조의 총애를 받았다.

1441년(세종23) 식년 문과에 병과로 급제, 정자(正字)가 되었으나 곧 세종의 특명으로 집현전학사가 되었다. 1446년 부사직(副司直)이 되고, 이어서 훈련원 주부(訓練院主簿)·승문원 교리(承文院校理)·병조정랑을 거쳐 1451년(문종1) 전농시 소윤(典農寺少尹), 이듬해 지영주군사(知榮州郡事) 등을 차례로 역임하였고, 한성부윤·상주목사·공조판서·호조판서를 거쳐 1468년(예종 즉위년) 보국숭록대부(輔國崇祿大夫)에 오르고, 1471년(성종2) 좌리공신(佐理功臣) 4등에 책록, 영산부원군(永山府院君)에 봉해졌으며, 1474년 영중추부사를 역임하였다. 시호는 문평(文平)이다.

※ 김안국(金安國, 1478-1543)

조선조 중종 때의 문신이자 학자로, 자는 국경(國卿), 호는 모재(慕齋), 본관은 의성(義城)이다. 참봉 연(璉)의 아들이며, 정국(正國)의 형이다. 조광조(趙光祖)·기준(奇遵) 등과 함께 김굉필(金宏弼)의 문인으로 노학에 통달하여 지치주의(至治主義) 사림파의 선도자가 되었다.

1501년(연산군7) 생진과에 합격, 1503년에 별시문과에 을과로 급제하여 승문원(承文院)에 등용되었으며, 이어 박사·부수찬·부교리 등을 역임하였고, 1507년(중종2)에는 문과 중시에 병과로 급제, 지평·장령·예조참의·대사간·공조판서·경상도 관찰사 등을 지냈다. 기묘사화가 일어나서 조광조 일파의 소장파 명신들이 죽음을 당할 때, 겨우 화를 면하고 파직되어 경기도 이천에 내려가서 후진들을 가르치며 한가히 지냈다.

1532년에 다시 등용되어 예조판서·대사헌·병조판서·좌참찬·대제학·찬성·판중추부사·세자이사(世子貳師)·대제학 등을 역임하였으며, 여주의 기천서원(沂川書院)과 이천의 설봉서원(雪峰書院) 및 의성의 빙계서원(氷溪書院) 등에 제향되었다. 시호는 문경(文敬)이다.

▣ 김종직(金宗直, 1431-1492)

조선조 성종 때의 문신이자 학자로, 자는 효관(孝盥)·계온(季昷), 호는 점필재(佔畢齋), 본관은 선산(善山)이며 경상남도 밀양 출신이다. 아버지는 사예 숙자(叔滋)이고, 어머니는 밀양 박씨로 사재감 정(司宰監正) 홍신(弘信)의 딸이다.

정몽주와 길재의 학통을 계승하여 김굉필-조광조로 이어지는 조선시대 도학 정통의 중추적 역할을 하였다. 생전에 지은 〈조의제문(弔義帝文)〉은 무오사화가 일어나는 원인이 되었다.

1453년(단종1) 진사가 되고, 1459년(세조5)식년문과에 정과로 급제하였다. 이듬해 사가독서(賜暇讀書)하였으며, 1462년 승문원 박사 겸 예문관 봉교에 임명되었다. 이듬해 감찰이 되고, 이어서 경상도 병마평사·이조좌랑·수찬·함양군수 등을 거쳤으며, 1476년(성종7) 선산부사가 되었다. 1483년(성종14) 우부승지에 올랐으며, 이어서 좌부승지·이조참판·예문관 제학·병조참판·홍문관 제학·공조참판 등을 역임하였다.

1498년(연산군4) 훈척(勳戚)계열인 유자광(柳子光)·정문형(鄭文炯)·한치례(韓致禮)·이극돈(李克墩) 등이 무오사화를 일으켜 많은 사림(士林)들이 죽거나 귀양을 가게 되었고, 김종직도 생전에 써둔 〈조의제문〉과 관련되어 부관참시(剖棺斬屍)를 당하였다.

그의 도학사상은 제자인 김굉필(金宏弼)·정여창(鄭汝昌)·김일손(金馹孫)·유호인(兪好仁)·남효온(南孝溫)·조위(曺偉)·이맹전(李孟專)·이종준(李宗準) 등에게 지대한 영향을 미쳤다. 특히 그의 도학을 정통으로 계승한 김굉필은 조광조(趙光祖)와 같은 걸출한 인물을 배출시켰다.

중종반정으로 신원되었으며, 밀양의 예림서원(藝林書院), 선산의 금오서원(金烏書院), 함양의 백연서원(柏淵書院), 김천의 경렴서원(景濂書院), 개령의 덕림서원(德林書院) 등에 제향되었다. 시호는 문충(文忠)이다.

⊠ 남용익(南龍翼, 1628-1692)

조선조 숙종 때의 문신이자 학자로, 자는 운경(雲卿), 호는 호곡(壺谷), 본관은 의령(宜寧)이다. 복시(復始)의 증손으로, 할아버지는 진(鎭)이고, 아버지는 부사 득명(得明)이며, 어머니는 신복일(申復一)의 딸이다.

1646년(인조24) 진사가 되고 1648년 정시문과에 병과로 급제한 뒤, 시강원 설서·성균관 전적과 삼사를 거쳐, 병조좌랑·홍문관 부수찬 등의 요직을 역임하였고, 잠시 경사도사로 좌천되었다가 다시 삼사로 돌아왔다.

1655년(효종6) 통신사의 종사관으로 일본에 파견되었는데, 관백(關白)의 원당(願堂)에 절하기를 거절하여 음식 공급이 중지되고, 여러 가지 협박을 받았으나 굴하지 않았다. 이듬해 돌아와 호당(湖堂)에 뽑혀 들어갔고 문신 중시에 장원, 당상관으로 진급하여 형조·예조참의, 승지를 역임하고 양주목사로 나갔다. 현종 때는 대사간·대사성을 거쳐 공조참판을 빼고는 전 참판을 지냈으며, 잠시 외직으로 경상·경기감사로 나갔다가 형조판서에 올랐다. 1680년(숙종6)부터 좌참찬·예문관제학을 역임하고, 1689년 소의 장씨(昭儀張氏)가 왕자를 낳아 숙종이 그를 원자로 삼으려 하자, 여기에 극언으로 반대하다가 명천으로 유배되어 3년 뒤 그곳에서 죽었다. 시호는 문헌(文憲)이다.

※ 노수신(盧守愼, 1515-1590)

조선조 선조 때의 문신이자 학자로, 자는 과회(寡悔), 호는 소재(穌齋)·이재(伊齋)·암실(暗室)·여봉노인(茹峰老人), 본관은 광주(光州)다. 우의정 숭(崇)의 후손이며, 아버지는 활인서 별제(活人署別提) 홍(鴻)이다. 1531년(중종26) 당시 성리학자로 명망이 있었던 이연경(李延慶)의 딸과 결혼하여 그의 문인이 되었다. 1541년 이언적(李彦迪)과 최초의 학문적 토론을 벌였다.

1543년(중종38) 문과에 장원급제한 이후 전적(典籍)·수찬(修撰)을 거쳐, 1544년 시강원 사서(侍講院司書)가 되고, 같은 해 사가독서(賜暇讀書)하였다. 인종 즉위 초에 정언이 되어 대윤(大尹)의 편에 서서 이기(李芑)를 탄핵하여 파직시켰으나, 1545년 명종이 즉위하고, 소윤(小尹) 윤원형(尹元衡)이 을사사화를 일으키자 이조좌랑의 직위에서 파직되어 1547년(명종2) 순천으로 유배되었다. 그 후 양재역 벽서사건(良才驛

壁書事件)에 연루되어 죄가 가중됨으로써 진도로 이배되어 19년간 귀양살이를 하였다. 유배기간 동안 이황(李滉) · 김인후(金麟厚) 등과 서신으로 학문을 토론하였다.

1565년(명종20) 다시 괴산으로 이배되었다가, 1567년 선조가 즉위하자 풀려나와 교리(校理)에 기용되고, 이어서 대사간· 부제학· 대사헌 · 이조판서 · 대제학 등을 지냈다. 1573년(선조6)우의정, 1578년 좌의정을 거쳐 1585년에는 영의정에 이르렀다. 1588년 영의정을 사임하고 영중추부사(領中樞府事)가 되었으나, 이듬해 10월 정여립(鄭汝立)의 모반사건으로 기축옥사가 일어나자 과거에 정여립을 천거했다는 이유로 대간(臺諫)의 탄핵을 받고 파직되었다.

충주의 팔봉서원(八峰書院), 상주의 도남서원(道南書院) · 봉산서원(鳳山書院), 진도의 봉암사(鳳巖祠), 괴산의 화암서원(花巖書院) 등에 제향되었다. 시호는 문의(文懿)이며, 뒤에 문간(文簡)으로 고쳤다.

문경동(文敬仝, 1457-1521)

조선조 중종 때의 문신으로, 자는 흠지(欽之), 호는 창계(滄溪), 본관은 안동(安東)이다. 숙기(淑器)의 증손으로, 할아버지는 손관(孫貫)이고, 아버지는 전연시 직장(典涓寺直長) 속명(續命)이며, 어머니는 강순부 소윤(江順府少尹) 진유경(秦

有經)의 딸이다.

1486년(성종17) 생원·진사 양시에 합격하고, 1495년(연산군1) 증광문과에 병과로 급제하였다. 성균관을 거쳐 비안현감(比安縣監)이 되고, 1506년(중종1) 강원도 도사(江原道都事)가 되었다. 곧 종부시 첨정(宗簿寺僉正)으로 승진하여 춘추관 편수관(春秋館編修官)을 겸하였다. 1508년(중종3)에는 외직으로 나가 양산군수(梁山郡守)가 되었다. 1510년 삼포왜란(三浦倭亂)이 일어나자 경상우도 방어사 유담년(柳聃年)과 함께 왜적토벌에 공을 세우고 성균관 사성(成均館司成)으로 진급하였다.

1512년 예천군수가 되어 임기를 채운 뒤 벼슬을 그만두고 고향에서 지내다가, 1521년 청풍군수가 되었으나 곧 임지에서 죽었다. 성품이 활달하여 매이는 것이 없었고, 해학을 즐겨 이것이 그의 벼슬길을 크게 가로막았다.

※ 박윤원(朴胤源, 1734-1799)

조선조 정조 때의 성리학자로, 자는 영숙(永叔), 호는 근재(近齋), 본관은 반남(潘南)이며, 공주판관 사석(師錫)의 아들이다. 어려서부터 총명해 책을 읽으면 한 번에 수십 줄씩 읽었다. 김원행(金元行)과 김지행(金砥行)의 문하에 들어가 학문을 깊이 연구해 학자들로부터 크게 추앙받았다.

1792년(정조16) 학행으로 천거되어 선공감역(繕工監役)에 임명되었으나 사퇴하였다. 1798년 원자(元子)를 위하여 강학청(講學廳)이 설치되자 서연관(書筵官)에 임명되었으나 역시 거절하였다. 집이 가난해 비와 바람을 피할 수 없는 형편이었지만, 끝내 벼슬하지 않고 학문 연구에 전념하였다. 그의 문인으로는 홍직필(洪直弼)을 비롯, 이재의(李載毅)·정도일(丁道一)·어석중(魚錫中) 등 다수가 있다. 사후에 대사헌에 추증되었다.

⊠ 박태순(朴泰淳, 1653-1704)

조선조 숙종 때의 문신으로, 자는 여후(汝厚), 호는 동계(東溪), 본관은 반남(潘南)이다. 할아버지는 대사헌 황(潢)이며, 아버지는 광흥창수(廣興倉守) 세상(世相)이며, 어머니는 관찰사 송시길(宋時吉)의 딸이다.

1682년(숙종8)생원이 되고, 1684년 황감과(黃柑科)에서 장원급제하였으며, 1686년 별시문과에 을과로 급제한 뒤 사헌부 지평(司憲府持平)을 거쳐, 1689년 홍문관에 등용되고, 2년 후 세자시강원 문학(世子侍講院文學)이 되었다. 1691년 우부승지(右副承旨)를 지내고, 이듬해 경주부윤(慶州府尹), 1695년 이후 광주부윤(廣州府尹)·대사간 등을 역임하였다.

1698년 형조판서를 거쳐 이듬해 전라도 관찰사로 재직 중에, 허균(許筠)의 문집을 간행한 데 대한 전라도 유생들의 규탄으로 장단부사(長湍府使)로 좌천되었다가 1703년(숙종29) 복직, 경상도 관찰사가 되었다.

▩ 서거정(徐居正, 1420-1488)

조선조 성종 때의 문신으로, 자는 강중(剛中)·자원(子元), 호는 사가정(四佳亭) 혹은 정정정(亭亭亭), 본관은 달성(達成)이다. 익진(益進)의 증손으로, 할아버지는 호조전서(戶曹典書) 의(義)이고, 아버지는 목사(牧使) 미성(彌性)이다. 어머니는 권근(權近)의 딸이다. 최항(崔恒)이 그의 자형(姉兄)이다. 조수(趙須)·유방선(柳方善) 등에게 배웠으며, 학문이 매우 넓어 천문(天文)·지리(地理)·의약(醫藥)·복서(卜筮)·성명(性命)·풍수(風水)에까지 관통하였다. 문장에 일가를 이루고, 특히 시(詩)에 능하였다.

1438년(세종20) 생원·진사 양시에 합격하고, 1444년 식년문과에 을과로 급제, 사재감 직장(司宰監直長)에 제수되었다. 그 뒤 1467년(세조13) 형조판서로서 예문관 대제학·성균관 지사를 겸해 문형(文衡)을 관장했으며, 국가의 전책(典冊)과 사명(詞命)이 모두 그의 손에서 나왔다. 1470년(성종1) 좌참찬이 되었고, 1471년 순성명량좌리공신(純誠明亮佐理功臣) 3등에 녹훈되고 달성군(達城君)에 봉해졌다. 1476년 원접사(遠接

使)가 되어 중국사신을 맞이했는데, 수창(酬唱)을 잘해 기재(奇才)라는 칭송을 받았다. 1479년(성종10) 이조판서가 되고, 1481년 병조판서가 되었으며, 1483년 좌찬성에 제수되었다. 1485년 세자이사(世子貳師)를 겸했으며, 1487년 왕세자가 입학하자 박사가 되어 ≪논어≫를 강하다가 다음 해 죽었다. 여섯 왕을 섬겨 45년 간 조정에 봉사, 23년 간 문형을 관장하고, 23차에 걸쳐 과거 시험을 관장해 많은 인재를 뽑았다.

조선 초기 세종에서 성종 때까지 문병(文柄)을 장악했던 핵심적 학자의 한 사람으로서 그의 학풍과 사상은 이른바 15세기 관학(官學)의 분위기를 대변하는 동시에 정치적으로는 훈신(勳臣)의 입장을 반영하였다. 그의 한문학에 대한 입장은 ≪동문선≫에 잘 나타나 있다. 시호는 문충(文忠)이다.

⊠ 송인(宋寅, 1517-1584)

조선조 선조 때의 학자로, 자는 명중(明仲), 호는 이암(頤菴), 본관은 여산(礪山)이다. 영의정 질(軼)의 손자이며, 지한(之翰)의 아들이고, 어머니는 의령남씨이다. 어려서 어머니가 죽자 외가에서 자랐다.

10세에 중종의 셋째 서녀인 정순옹주(貞順翁主)와 결혼하여 여성위(礪城尉)가 되고, 명종 때 여성군(礪城君)에 봉해졌다. 의빈부·충훈부·사옹원·상의원 등에서 요직을 역임하고, 도총관에 이르렀다. 시문에 능하였으며 이황(李滉) · 조식(曺植) · 정렴(鄭䃠) · 이이(李珥) · 성혼(成渾) 등 당대의 석학들과 교유하였으며, 만년에는 선조의 자문 역할을 하였다.

글과 글씨에 능하여 산릉(山陵)의 지(誌)와 궁전의 액(額)으로부터 사대부의 비갈(碑碣)에 이르기까지 많은 글과 글씨를 남겼다. 그는 특히 오흥(吳興)의 필법을 받아 해서를 잘 썼다고 한다. 그의 글씨는 양주의 덕흥대원군신도비(德興大院君神道碑) · 송지한묘갈(宋之翰墓碣), 남원의 황산대첩비(荒山大捷碑), 부안의 김석옥묘비(金錫沃墓碑), 여주의 김공석묘갈(金公奭墓碣), 남양의 영상홍언필비(領相洪彦弼碑), 광주(廣州)의 좌참찬심광언비(左參贊沈光彦碑) 등에 전한다. 시호는 문단(文端)이다.

▩ 신유(申濡, 1610-1665)

조선조 현종 때의 문신으로, 자는 군택(君澤), 호는 죽당(竹堂) · 이옹(泥翁), 본관은 고령(高靈)이다. 첨지중추부사 말주(末舟)의 7대손이며, 언식(彦湜)의 증손으로, 할아버지는 염(諗)이고, 아버지는 기한(起漢)이며, 어머니는 김영국(金英國)의 딸이다.

1630년(인조8) 진사가 되고, 1636년에 별시문과에 병과로 급제, 사간원 정언(司諫院正言) · 사헌부 지평(司憲府持平) ·

홍문관 부교리(弘文館副校理)·이조좌랑 등을 역임하였다. 16 43년(인조21) 통신사(通信使)의 종사관으로 일본에 다녀왔다.

그 뒤 집의(執義)·동부승지·우승지 등을 거쳐, 1650년(효종1)에는 도승지가 되었다. 이 때 동지춘추관사를 겸하여 《인조실록》 편찬에 참여하였으며, 대사간을 거쳐 1652년 사은부사(謝恩副使)로 청나라에 다녀왔다. 1657년 대사간으로 국왕을 능멸하였다 하여 강계에 유배되었다가 천안으로 옮겨졌다. 그 뒤 유배에서 풀려나 1661년(현종2)에 형조참판이 되었고, 이어 호조·예조의 참판을 역임하였다. 그는 또한 소현세자(昭顯世子)를 따라 심양(瀋陽)에 다녀온 적이 있다.

▩ 신광한(申光漢, 1484-1555)

조선조 명종 때의 문신으로, 자는 한지(漢之) 또는 시회(時晦), 호는 낙봉(駱峰)·기재(企齋)·석선재(石仙齋)·청성동주(靑城洞主), 본관은 고령(高靈)이다. 공조참판 장(檣)의 증손으로, 할아버지는 영의정 숙주(叔舟)이며, 아버지는 내자시정(內資寺正) 형(泂)이다. 어머니는 사포(司圃) 정보(鄭溥)의 딸이다.

1507년(중종2) 사마시에 합격하고, 1510년에 식년문과에 을과로 급제하여 호당(湖堂)에서 사가독서의 특혜를 받았다.

1513년 승문원 박사(承文院博士)에 등용되고, 이어서 홍문관 부수찬·교리·정언(正言)·공조정랑을 역임하고, 홍문관 전한(弘文館典翰)으로 경연의 시강관(侍講官)을 겸임하였다. 조광조(趙光祖) 등과 함께 고금의 시무(時務)를 논하여 채택되는 바가 매우 많았으며, 1518년 특명으로 대사성에 올랐다. 이듬해 기묘사화가 일어나자 조광조 일파라고 탄핵을 받아 삼척부사로 좌천되고, 이듬해에 파직되었다. 이어서 다시 여주로 추방, 18년 동안 칩거하였다. 1538년 윤인경(尹仁鏡)이 이조판서가 되어 기묘사화에서 화를 입은 사람들을 서용하자 대사성으로 복직되었다. 대사간을 거쳐, 경기도관찰사·한성부우윤·병조참판을 역임하고, 1540년 대사헌이 되어 관리들의 기강을 엄히 하였다. 1542년 세자시강원의 우부빈객(右副賓客)을 겸임하고, 이어 호조참판을 거쳐 한성부판윤에 올랐다. 이듬해 형조판서를 지냈으며 지중추부사(知中樞府事)를 거쳐, 1544년에는 이조판서가 되었다. 인종 때 대제학을 거쳐, 명종 즉위와 함께 우참찬이 되었으며 윤원형(尹元衡) 등이 을사사화를 일으키자 소윤(小尹)에 가담, 추성위사홍제보익공신(推誠衛社弘濟保翼功臣) 3등에 책록되었다. 또한 정헌대부(正憲大夫)에 올라 영성군(靈城君)에 봉해졌으며, 지의금부사(知義禁府事)·대제학·지성균관사(知成均館事)·경연동지사(經筵同知事)·춘추관동지사(春秋館同知事)를 겸임하였다. 뒤에 영성부원군(靈城府院君)으로 추봉되었다. 이어 좌참찬·예조판서를 역임하고, 1548년 (명종3) 판돈녕부사(判敦寧府事)가 되었다. 이듬해에는 좌찬성이 되어 지성균관사와 지경연사를 겸하였다. 1553년에 기로소(耆老所)에 들어가고 궤장(几杖)을 하사받았다. 1554년에 사직하고 그 이듬해에 병사하였다. 시호는 문간(文簡)이다.

⊠ 신성하(申聖夏, 1665-1736)

조선조 영조 때의 문신으로, 자는 성보(成甫), 호는 화암(和庵), 본관은 평산(平山)이다. 준(埈)의 증손으로, 할아버지는 목사 여식(汝拭)이고, 아버지는 영의정 완(琓)이며, 어머니는 관찰사 조원기(趙遠期)의 딸이다. 정하(靖夏)의 형이다.

1704(숙종 30)에 참봉이 되고, 이어 현감을 거쳐 연안부사가 되었다. 돈녕부 도정(敦寧府都正)에 이르러 평운군(平雲君)에 봉해졌다. 문장이 뛰어났고 72세에 죽었다.

⊠ 양사언(楊士彦, 1517-1584)

조선조 선조 때의 문신이자 서예가로, 자는 응빙(應聘), 호는 봉래(蓬萊)·완구(完邱)·창해(滄海)·해객(海客), 본관은 청주(淸州)이며, 주부인 희수(希洙)의 아들이다. 형 사준(士俊), 아우 사기(士奇)와 함께 글에 뛰어나 중국의 소동파(蘇東

坡) 삼부자에 견주어졌다. 아들 만고(萬古)도 문장과 서예로 이름이 전한다.

1546년(명종1) 문과에 급제하여 대동승(大同丞)을 거쳐 삼등(三登) · 함흥(咸興) · 평창(平昌) · 강릉(江陵) · 회양(淮陽) · 안변(安邊) · 철원(鐵原) 등 8고을의 수령을 지냈다. 자연을 즐겨 회양의 군수로 있을 때는 금강산에 자주 가서 경치를 감상했다. 만폭동(萬瀑洞)의 바위에 '蓬萊楓岳元化洞天(봉래풍악원화동천)'이라 글씨를 새겼는데 지금도 남아 있다. 안변의 군수로 있을 때는 백성을 잘 보살펴 통정대부(通政大夫)의 품계(品階)를 받았고, 북쪽의 병란(兵亂)을 미리 예측하고 말과 식량을 많이 비축해 위급함에 대처하기도 했다. 그러나 이성계 증조부의 묘인 지릉(智陵)에 화재가 일어나자 책임을 지고 황해도로 귀양을 갔다. 2년 뒤 풀려나 돌아오는 길에 죽었다.

해서(楷書)와 초서(草書)에 뛰어났으며 안평대군(安平大君) · 김구(金絿) · 한호(韓濩)와 함께 조선 4대 서예가로 일컬어진다. 특히 큰 글자를 잘 썼다고 전한다.

▩ 오억령(吳億齡, 1552-1618)

조선조 광해군 때의 문신으로, 자는 대년(大年), 호는 만취(晩翠), 본관은 동복(同福)이다. 참봉 원몽(元蒙)의 증손으로, 할아버지는 상서원직장(常瑞院直長) 극권(克權)이고, 아버지는 사옹원직장(司饔院直長) 세현(世賢)이며, 어머니는 창녕 성씨(昌寧成氏)로 참봉 근(近)의 딸이다. 이조참판 백령(百齡)의 형이다.

1570년(선조3) 사마시를 거쳐 1582년 식년문과에 병과로 급제해 전생서 참봉(典牲署參奉)·예문관 검열과 호조좌랑·이조좌랑 등을 지냈다. 그 뒤 이조정랑을 거쳐 경상도안무사로 있다가 내직으로 들어와 집의(執義)·전한(典翰) 등을 역임하였다.

일본의 사신 현소(玄蘇)가 왔을 때 선위사(宣慰使)가 되어 접대하였다. 이 때 왜군이 대거 침입할 것을 예감하고 선조에게 알렸으나, 조정에서는 일을 만들어 세상을 소란하게 한다고 하여 그를 해임시켰으나 끝까지 주장을 굽히지 않았다.

1601년에는 부제학으로 청백리에 뽑혔고, 1608년 선조가 죽자 고부청시청승습부사(告訃請諡請承襲副使)로 명나라에 갔다가 소임을 다하지 못하고 귀국해 한 때 파직되었다. 그 뒤 병조참판·부판윤·대사헌·형조판서·우참찬·개성유수를 역임하였다. 1615년(광해군7) 인목대비의 폐출에 반대하자 대북파 정인홍(鄭仁弘) 등이 고부사(告訃使)의 일을 다시 들추며 탄핵해, 신병을 이유로 사직하고 낙향하였다. 멀리 귀양을 보내자는 논의가 일어나자 4년 동안 처벌을 기다리다가 죽었다.

문장과 글씨에 능하였다. 배천의 문회서원(文會書院)에 제향되었고, 시호는 문숙(文肅)이다.

▩ 원천석(元天錫, 1330-?)

고려말 조선초의 은사로, 자는 자정(子正), 호는 운곡(耘谷), 본관은 원주(原州)이며, 두문동(杜門洞) 72현의 한 사람이다. 할아버지는 정용별장(精勇別將) 열(悅)이며, 아버지는 종부시령(宗簿寺令) 윤적(允迪)이다. 원주원씨의 중시조다.

어릴 때부터 재명(才名)이 있었으며, 문장이 여유 있고 학문이 해박해 진사가 되었다. 그러나 고려 말에 정치가 문란함을 보고 개탄하면서 치악산에 들어가 농사를 지으며 부모를 봉양하고 살았다.

일찍이 방원(芳遠)을 왕자 시절에 가르친 적이 있어 그가 즉위하자 기용하려고 자주 불렀으나 응하지 않았으며, 태종이 그의 집을 찾아갔으나 미리 소문을 듣고는 산 속으로 피해버렸다. 왕은 계석(溪石)에 올라 집 지키는 할머니를 불러 선물을 후히 준 후 돌아가 아들 형(泂)을 오늘날의 경상북도 풍기(豊基)인 기천(基川)현감으로 임명하였다. 후세 사람들이 그 바위를 태종대(太宗臺)라 했고 지금도 치악산 각림사(覺林寺) 곁에 있다. 그가 치악산에 은거하면서 끝내 출사하지 않은 것은 고려에 대한 충의심 때문이었다.

그는 만년에 야사 6권을 저술하고 "이 책을 가묘에 감추어 두고 잘 지키도록 하라."고 자손들에게 유언하였다. 그러나 증손대에 이르러 국사와 저촉되는 점이 많아 화가 두려워 불살라버렸다고 한다. 강원도 횡성의 칠봉서원(七峯書院)에 제향되었다.

■ 유계(兪棨, 1607-1664)

조선조 현종 때의 문신이자 학자로, 자는 무중(武仲), 호는 시남(市南), 본관은 기계(杞溪)다. 할아버지는 수안군수를 지낸 대경(大敬)이고, 아버지는 참봉 양증(養曾)이며, 어머니는 의령 남씨(宜寧南氏)로 병조참판 이신(以信)의 딸이다. 김장생(金長生)의 문인이다. 예학과 사학에 정통하였으며, 송시열(宋時烈)·송준길(宋浚吉)·윤선거(尹宣擧)·이유태(李惟泰) 등과 더불어 충청도 유림의 오현(五賢)으로 일컬어졌다.

1630년(인조8) 진사과에 합격하고, 1633년 식년문과에 을과로 급제하여 승문원의 관리로 벼슬을 시작하였다. 1636년 병자호란 때 시강원 설서로서 척화를 주장하다가 화의가 성립되자 척화죄로 임천에 유배되었다. 1639년에 풀려났으나 벼슬을 단념하고 금산의 마하산(痲霞山)에 서실(書室)을 짓고 은거하여 학문에 전념하였다.

1644년 주서로 기용되었고, 1646년 무안현감이 되었다.

1649년 인조가 죽자 홍문관부교리로서 왕의 장례 절차를 상소하여 예론에 따라 제도화하였다. 그러나 인조의 묘호를 정할 때 '조(祖)'자의 사용을 반대하고 '종(宗)'자를 주장하다가 이듬해 선왕을 욕되게 하였다는 죄로 온성과 영월에 유배되었다. 1652년(효종 3) 유배에서 풀려나 송시열·송준길 등의 추천으로 시강원문학으로 다시 등용되었다. 1659년 병조참지로서 비변사 부제조를 겸임하고, 이어서 대사간·공조참의·대사성·부제학·부승지 등을 지냈다. 이 해에 효종이 죽고 복상 문제가 일어나자 서인으로서 기년설(朞年說)을 지지하였으며, 3년설을 주장한 윤휴(尹鑴)·윤선도(尹善道) 등의 남인을 논박하여 유배 또는 좌천시켰다. 1662년(현종3) 예문관 제학을 거쳐 1663년 대사헌·이조참판에 올랐다가 병으로 사직하였다.

사후에 좌찬성에 추증되었으며, 임천의 칠산서원(七山書院), 무안의 송림서원(松林書院), 온성의 충곡서원(忠谷書院) 등에 제향되었다. 시호는 문충(文忠)이다.

▩ 유방선(柳方善, 1388-1443)

조선조 세종 때의 학자로, 자는 자계(子繼), 호는 태재(泰齋), 본관은 서산(瑞山)이다. 할아버지는 관찰사 후(厚), 아버지는 기(沂)이며, 어머니는 지밀직사사(知密直司事) 이종덕

(李種德)의 딸이다. 12세 무렵부터 변계량(卞季良)·권근(權近) 등에게 수학하여 일찍부터 문명이 높았다.

1405년(태종5) 국자사마시(國子司馬試)에 합격하고 성균관에서 공부하였다. 1409년 아버지가 민무구(閔無咎)의 옥사에 관련된 것으로 연좌되어 청주로 유배되었다가 이듬해에 영천에 이배되었다. 1415년 풀려나 원주에서 지내던 중 참소로 인하여 다시 영천에 유배되어 1427년(세종9) 풀려났다. 유배생활 중의 학행이 높이 드러나 유일(遺逸)로 주부(主簿)에 천거되었으나 사양하였다. 특히 유배생활 중에는 유배지 영천의 명승지에 '태재(泰齋)'라는 서재를 짓고 당시에 유배 또는 은둔생활을 하던 이안유(李安柔)·조상치(曺尙治) 등 문사들과 학문적인 교분을 맺고, 주변의 자제들에게 학문을 전수하여, 이보흠(李甫欽) 등의 문하생을 배출하였다. 정몽주(鄭夢周)·권근·변계량을 잇는 영남 성리학의 학통을 후대에 계승, 발전시키는 구실을 담당한 것이다. 원주에서 생활하던 동안 서거정(徐居正)·한명회(韓明澮)·권람(權擥)·강효문(康孝文) 등 문하생을 길러내었으며, 특히 시학(詩學)에 뛰어났다. 경현원(景賢院)과 영천 송곡서원(松谷書院)에 제향되었다.

▩ 윤상(尹祥, 1373-1455)

조선조 문종 때의 문신이자 학자로, 처음 이름은 철(哲). 자는 실부(實夫), 호는 별동(別洞), 본관은 예천(醴泉)이다. 충(忠)의 증손으로, 할아버지는 증 호조참의 신단(臣端)이며, 아버지는 예천군의 향리인 선(善)이다. 향리의 아들로 태어나 과거 시험으로 양반 신분에 올랐다.

정몽주(鄭夢周)의 문인으로 성리학에 밝은 조용(趙庸)이 1392년(태조1) 역성혁명을 반대해 예천에 유배되어오자, 조말생(趙末生)·배강(裵杠) 등과 함께 수업해 문인이 되었다. 그 해 진사시에 합격한 뒤, 이듬해 생원시에도 합격하였다. 1396년(태조5) 24세의 나이로 식년 문과에 동진사(同進士)로 급제해 선산·안동·상주 및 한성 서부 등지의 교수관(敎授官)을 거쳐, 예조정랑 때 서장관으로 연경(燕京)에 다녀와서 성균관 사예가 되었다. 가친이 연로하자 외직을 청해 황간·영천(榮川)·대구 등지의 군사(郡事)를 맡은 뒤, 사성을 거쳐 대사성에 발탁되었다. 1448년(세종30) 예문관제학으로서 원손(元孫)인 단종의 입학례를 거행할 때 특명으로 박사가 되어 선비들이 이를 영예로 여겼다. 오랫동안 성균관의 교육에 종사해 문하에 과거에 합격해 이름난 사람들이 많았다. 문종 초에 고령으로 고향에 돌아가니, 국왕이 사궤(食饋)를 내렸는데, 고령으로 은퇴하는 재상에게 음식물을 내리는 제도가 여기에서 비롯되었다 한다. 향리에서 자제들을 가르치다가 3년여 만에 83세로 일생을 마쳤다. 시호는 문정(文貞)이다.

⊠ 윤선도(尹善道, 1587-1671)

조선조 현종 때의 문신이자 문인으로, 자는 약이(約而), 호는 고산(孤山)·해옹(海翁), 본관은 해남(海南)이다. 아버지는 예빈시부정(禮賓寺副正)을 지낸 유심(唯深)이며, 강원도관찰사를 지낸 숙부 유기(唯幾)에게 입양됐다.

18세에 진사초시(進士初試)에 합격하고, 20세에 성균관 유생에게 시행하던 승보시(陞補試)에 1등을 했으며 향시(鄕試)와 진사시(進士試)에 연이어 합격했다. 1616년(광해군8) 성균관 유생으로서 이이첨(李爾瞻)·박승종(朴承宗)·유희분(柳希奮) 등을 격렬하게 규탄하는 〈병진소(丙辰疏)〉를 올렸다. 이로 인해 이이첨 일파의 모함을 받아 함경도 경원(慶源)으로 유배됐다. 그곳에서 〈견회요(遣懷謠)〉 5수와 〈우후요(雨後謠)〉 1수 등 시조 6수를 지었다. 1년 뒤인 1617년(광해군9) 경상남도 기장(機張)으로 유배지를 옮겼다가, 1623년 인조반정(仁祖反正)으로 이이첨 일파가 처형된 뒤 풀려나 의금부도사(義禁府都事)로 제수됐으나 3개월 만에 사직하고 해남(海南)으로 내려갔다. 그 뒤 찰방(察訪) 등에 임명됐으나 모두 사양했다.

1628년(인조6) 별시문과(別試文科) 초시에 장원으로 합격해 봉림대군(鳳林大君)·인평대군(麟坪大君)의 스승이 됐다. 그 당시 법률로 왕의 사부(師傅)는 관직을 겸할 수 없음에도 특명으로 공조좌랑(工曹佐郎)·형조정랑(刑曹正郎)·한성부 서윤(漢城府庶尹) 등을 5년간 역임했다. 1633년(인조11) 증광문과(增廣文科)에 병과(丙科)로 급제한 뒤 예조정랑(禮曹正郎)·사헌부 지평(司憲府持平) 등을 지냈다. 그러나 1634년(인조12) 강석기(姜碩期)의 모함으로 성산(星山)의 현감(縣監)으로 좌천된 뒤, 이듬해 파직됐다.

그 뒤 해남에서 병자호란으로 왕이 항복했다는 소식에 접하자 이를 부끄럽게 생각하고 제주도로 가던 중 보길도(甫吉島)의 아름다운 경치에 이끌려 그곳에 정착한다. 정착한 그 일대를 '부용동(芙蓉洞)'이라 이름하고 격자봉(格紫峰) 아래 집을 지어 낙서재(樂書齋)라 했다. 그는 조상이 물려준 막대한 재산으로 십이정각(十二亭閣)·세연정(洗然亭)·회수당(回水堂)·석실(石室) 등을 지어 놓고 마음껏 풍류를 즐겼다.

난이 평정된 뒤 서울에 돌아와서도 왕에게 인사를 드리지 않았다는 죄로 1638년(인조 16) 다시 경상북도 영덕(盈德)으로 귀양갔다가 이듬해에 풀려났다. 이로부터 10년 동안 정치와는 관계없이 보길도의 부용동과 새로 발견한 금쇄동(金鎖洞)의 자연 속에서 한가한 생활을 즐겼다. 이때 금쇄동을 배경으로 〈산중신곡(山中新曲)〉·〈산중속신곡(山中續新曲)〉·〈고금영(古今詠)〉·〈증반금(贈伴琴)〉 등을 지었다. 1651년(효종2)에는 보길도를 배경으로 〈어부사시사(漁父四時詞)〉를 지었다.

다음해 효종(孝宗)의 부름을 받아 예소참의(禮曹參議)가 됐으나 서인의 모략으로 사직하고 경기도 양주의 고산(孤山)에 은거했다. 마지막 작품인 〈몽천요(夢天謠)〉는 이곳에서 지은 것이다. 1657년(효종8) 71세에 다시 벼슬길에 올라 동부승지에 이르렀으나 송시열(宋時烈)과 맞서다 관직에서 쫓겨났다. 이 무렵 〈시무팔조소(時務八條疏)〉와 〈논원두표소(論元斗杓疏)〉를 올려 왕권의 확립을 강력히 주장했다. 1659년 효종이 죽자 예론문제(禮論問題)로 서인과 맞서다가 삼수에 유배됐다. 1667년(현종8) 풀려나 부용동에서 살다가 그곳 낙서재에서 85세로 타계하였다. 1675년(숙종1) 남인의 집권으로 신원(伸寃)되어 이조판서에 추증되었다.

▧ 이곡(李穀, 1298-1351)

고려 충정왕 때의 문신이자 학자로, 자는 중보(仲父), 호는 가정(稼亭), 본관은 한산(韓山), 처음 이름은 운백(芸白)이다. 한산 출생으로, 한산이씨 시조인 윤경(允卿)의 6대손이다. 찬성사 자성(自成)의 아들이며, 색(穡)의 아버지다.

1317년(충숙왕4) 거자과(擧子科)에 합격한 뒤 예문관 검열이 되었다. 원나라에 들어가 1332년(충숙왕 복위1) 정동성(征東省) 향시에 수석으로 선발되었다. 다시 전시(殿試)에 차석으로 급제하였다. 이 때 지은 대책(對策)을 독권관(讀卷官)이 보고 감탄하였다. 재상들의 건의로 한림국사원 검열관(翰林國史院檢閱官)이 되어 그때부터 원나라 문사들과 교유하였다.

1334년 본국으로부터 학교를 진흥시키라는 조서를 받고 귀국하여 가선대부 시전의 부령 직보문각(嘉善大夫試典儀副令直寶文閣)벼슬이 제수되었다. 이듬해에 다시 원나라에 들어가 휘정원 관구(徽政院管勾)·정동행중서성 좌우사원외랑(征東行中書省左右司員外郎) 등의 벼슬을 역임하였다. 그 뒤에 본국에서 밀직부사·지밀직사사를 거쳐 정당문학(政堂文學)·도첨의 찬성사(都僉議贊成事)가 되고 뒤에 한산군(韓山君)에 봉해졌다.

공민왕의 옹립을 주장하였으므로 충정왕이 즉위하자 신변에 불안을 느껴 관동지방으로 주유(周遊)하였다. 1350년(충정왕2) 원나라로부터 봉의대부 정동행중서성 좌우사낭중(征東行中書省左右司郎中)을 제수 받았고, 그 이듬해에 타계하였다.

한산의 문헌서원(文獻書院), 영해의 단산서원(丹山書院) 등에 배향되었다. 시호는 문효(文孝)다.

⊠ 이식(李植, 1584-1647)

조선조 인조 때의 문신으로, 자는 여고(汝固), 호는 택당(澤堂)·남궁외사(南宮外史)·택구거사(澤癯居士), 본관은 덕수(德水)다. 좌의정 행(荇)의 현손(玄孫)으로, 아버지는 좌찬성에 증식된 안성(安性)이고 어머니는 무송 윤씨(茂松尹氏)로 공조참판 옥(玉)의 딸이다.

1610년(광해군2) 별시문과에 급제했다. 1613년 세자에게 경사(經史)와 도의(道義)를 가르치는 정7품 설서(設書)를 거쳐 1616년 북평사(北評事)가 되었다. 이듬해에 선전관을 지냈다. 1618년 폐모론이 일어나자 정계에서 은퇴하여 경기도 지평(砥平)으로 낙향했다. 그 후에 남한강변에 택풍당(澤風堂)을 짓고 오직 학문에만 전념했다. 호를 택당이라 한 것은 여기에 연유한다. 1621년 관직에 나오라는 명을 계속 받았으나 이를 거부했다. 그래서 왕의 명령을 어겼다는 죄로 구속되기도 했다. 1623년 인조반정이 일어나 교분이 있었던 친구들이 조정의 주요직에 진출하게 되자 발탁되어 이조좌랑에 등용됐다. 그 뒤 여러 벼슬을 거쳐 1632년까지 대사간을 세 차례 역임했다. 임금의 종실을 사사로이 기리고 관직을 이유 없이 높이는 일이 법도에 어긋남을 논하다가 인조의 노여움을 사 간성현감으로 좌천되기도 했다. 1633년에 부제학을 거쳐 1638년 대제학과 예조참판·이조참판을 역임하였다. 그는 1642년에 김상헌(金尙憲)과 함께 청나라를 배척할 것을 주장한다고 하여 중국의 심양(瀋陽)으로 잡혀갔다. 돌아올 때에 다시 의주(義州)에서 청나라 관리에게 붙잡혔으나 탈출하여 돌아왔다. 1643년 대사헌과 형조·이조·예조의 판서 등 조정의 주요직을 두루 역임했다. 1646년 별시관(別試官)으로 과거 시험의 문제를 출제하였는데 그가 출제한 문제에 역모의 뜻이 있다고 하여 관직이 삭탈되기도 했다.

이식은 문장이 뛰어나 신흠(申欽)·이정구(李廷龜)·장유(張維)와 함께 한문4대가로 꼽혔으며 그의 문하에서 많은 문인과 학자가 배출됐다. 여주의 기천서원(沂川書院)에 제향되었으며, 시호는 문정(文靖)이다. 1686년(숙종12) 영의정에 추증됐다.

▨ 이집(李集, 1327-1387)

고려 우왕 때의 학자이자 문인으로, 처음 이름은 원령(元齡), 자는 호연(浩然), 호는 둔촌(遁村), 본관은 광주(廣州)다. 광주 향리 당(唐)의 아들이다.

충목왕 때 과거에 급제하였으며, 문장을 잘 짓고 지조가 굳기로 명성이 높았다. 1368년(공민왕17) 신돈(辛旽)의 미움을 사 생명의 위협을 받자, 가족과 함께 영천으로 도피하여 고생 끝에 겨우 죽음을 면하였다. 1371년 신돈이 주살되자 개경으로 돌아와 판전교시사(判典校寺事)에 임명되었으나 곧 사직하고, 여주 천녕현(川寧縣)에서 전야(田野)에 묻혀 살면서 시를 지으며 일생을 마쳤다. 광주의 구암서원(龜巖書院)에 제향되었다.

⊠ 이건창(李建昌, 1852-1898)

조선조 말기의 학자이자 대문장가로, 아명(兒名)은 송열(松悅), 자는 봉조(鳳朝, 鳳藻), 호는 영재(寧齋), 본관은 전주(全州)다. 할아버지는 이조판서 시원(是遠)이고, 아버지는 증 이조참판 상학(象學)이다. 강위(姜瑋)·김택영(金澤榮)·황현(黃玹) 등과 교분이 두터웠다.

1866년(고종3) 15세의 어린 나이로 별시문과(別試文科)에 병과로 급제했으나 너무 일찍 등과했기 때문에 19세에 이르러서야 홍문관직에 나아갔다. 1874년 서장관(書狀官)으로 발탁되어 청나라에 가서 황각(黃珏)·장가양(張家驤)·서보(徐郙) 등과 교유, 이름을 떨쳤다. 이듬해 충청우도암행어사가 되어 충청감사 조병식(趙秉式)의 비행을 낱낱이 들춰내다가 도리어 모함을 받아 벽동(碧潼)으로 유배되었고, 1년이 지나서 풀려났다. 1890년(고종27) 한성부 소윤이 되었다. 이듬해 승지가 되고 다음 해 상소사건으로 보성에 재차 유배되었다가 풀려났다. 1893년 함흥부의 난민(亂民)을 다스리기 위해 안핵사(按覈使)로 파견되어 관찰사의 죄상을 명백하게 가려내어 파면시켰다. 1896년(건양1) 해주관찰사에 제수되었으나 극구 사양하다가 마침내 고군산도(古群山島)로 세번째 유배되었다. 특지(特旨)로 2개월 후에 풀려났다. 그 뒤 고향인 강화에 내려가서 서울과는 발길을 끊고 지내다가 2년 뒤에 47세로 세상을 떠났다.

그의 문필은 송대(宋代)의 대가인 증공(曾鞏)·왕안석(王安石)의 영향을 많이 받았다. 그리고 정제두(鄭齊斗)가 양명학(陽明學)의 지행합일(知行合一)의 학풍을 세운 이른바 강화학파(江華學派)의 학문태도를 실천하였다. 저서로는 《명미당집(明美堂集)》·《당의통략(黨議通略)》 등이 있는데, 《당의통략》은 파당을 초월하고 문벌을 초월해 공정한 입장에서 당쟁의 원인과 전개과정을 기술한 명저로 높이 평가되고 있다.

⊠ 이경여(李敬輿, 1585-1657)

조선조 효종 때의 문신으로, 자는 직부(直夫), 호는 백강(白江)·봉암(鳳巖), 본관은 전주(全州)다. 세종의 7대손이며, 할아버지는 첨정(僉正) 극강(克綱)이고, 아버지는 목사 유록(綏祿)이며, 어머니는 송제신(宋濟臣)의 딸이다.

1601년(선조34) 사마시를 거쳐, 1609년(광해군1) 증광 문과에 을과로 급제해 1611년 검열이 되었으나, 광해군의 실정이 심해지자 벼슬을 버리고 낙향하였다. 1623년 인조반정 직후 수찬에 취임했고, 이듬해 이괄(李适)의 난이 일어나자 왕을 공주에 호종하였다. 이어 체찰사 이원익(李元翼)의 종사관이 되었으며, 1630년(인조8) 부제학·청주목사·좌승지·전라도 관찰사를 역임하였다. 1636년 병자호란이 일어나자 왕을 모시고 남한산성에 피란하였다. 이듬해 경상도 관찰사가 되고, 그 뒤 이조참판으로 대사성을 겸임해 선비 양성의 방책을 올렸고, 이어 형조판서에 승진하였다. 1642년 배청친명파로서 청나라 연호를 사용하지 않음을 이계(李烓)가 청나라에 밀고해 심양(瀋陽)에 억류되었다가 이듬해 세자와 함께 귀국해 대사헌이 되었고, 이어 우의정이 되었다. 1644년 사은사로 청나라에 갔다가 다시 억류되었으나, 그 동안 본국에서는 영중추부사라는 벼슬을 내렸다. 이듬해 귀국하여 1646년 소현세자의 빈인 민회빈 강씨(愍懷嬪姜氏)의 사사(賜死)를 반대하다가 진도에 유배되고, 다시 1648년 삼수에 위리안치되었다. 이듬해 효종이 즉위하자 풀려 나와 1650년(효종1)에 다시 영중추부사가 되었다. 이어 영의정으로 다시 사은사가 되어 청나라에 다녀온 뒤 청나라의 압력으로 영중추부사로 옮겼다.

시문에 능하고 글씨에도 뛰어났다. 부여의 부산서원(浮山書院), 진도의 봉암사(鳳巖祠)와 흥덕(興德)의 동산서원(東山書院)에 제향되었으며, 시호는 문정(文貞)이다.

▩ 이경전(李慶全, 1567-1644)

조선조 인조 때의 문신으로, 자는 중집(仲集), 호는 석루(石樓), 본관은 한산(韓山)이다. 치(穉)의 증손으로, 할아버지는 지번(之蕃)이고, 아버지는 영의정 산해(山海)이며, 어머니는 조언수(趙彦秀)의 딸이다.

1590년(선조23) 증광문과에 병과로 급제하여, 이듬해 사가독서(賜暇讀書)를 하였다. 1596년 예조좌랑·병조좌랑을 지내고, 1608년 정인홍(鄭仁弘) 등과 함께 영창대군(永昌大君)의 옹립을 꾀하는 소북 유영경(柳永慶)을 탄핵하다가 강계에 귀양갔다. 이 해 광해군이 즉위하자 풀려나와 충홍도(忠洪道)·전라도의 관찰사를 지내고, 1618년(광해군10) 한평군(韓平君)을 습봉(襲封)하고 좌참찬에 올랐다. 1623년(인조1) 인조반정이 일어나자 서인들에게 아첨하여 생명을 보전하고 주청사(奏請使)로 명나라에 가서 인조의 책봉을 요청하였다. 이어 한평부원군(韓平府院君)에 진봉되고, 1637년에 장유(張維)·이경석(李景奭) 등과 함께 삼전도(三田渡)의 비문 작성의 명을 받았으나 병을 빙자하고 거절하였으며, 1640년 형조판서를 지냈다.

이기발(李起浡, 1602-1662)

조선조 효종 때의 문신으로, 자는 패우(沛雨). 호는 서귀(西歸), 본관은 한산(韓山)이다. 1618년(광해군10) 인목대비(仁穆大妃)를 폐하여 서궁(西宮)에 유폐하자, 국모(國母) 없는 나라라 한탄하며 은퇴했다가 인조반정이 일어난 1623년에 진사가 되고 성균관에 입학했다. 1627년(인조5) 식년문과에 병과로 급제하여 필선(弼善)이 되고, 1636년 병자호란으로 남한산성이 포위되자, 형 흥발(興浡), 군수(郡守) 최온(崔蘊) 등과 근왕병(勤王兵)을 모집, 청주를 거쳐 서울에 진격했으나 화약(和約)이 성립되어 전주에 돌아가 만년을 보냈다. 도승지에 추증되고 1744년(영조 20) 정문(旌門)이 세워졌다.

⊠ 이산해(李山海, 1539-1609)

조선조 선조 때의 문신으로, 자는 여수(汝受), 호는 아계(鵝溪)·종남수옹(終南睡翁), 본관은 한산(韓山)이다. 장윤(長潤)의 증손으로, 할아버지는 치(穉)이고, 아버지는 내자시정(內資寺正) 지번(之蕃)이며, 어머니는 남수(南脩)의 딸이다.

어려서부터 작은아버지인 지함(之菡)에게 학문을 배웠다. 1558년(명종13) 진사가 되고, 1561년 식년 문과에 병과로 급제해 승문원에 등용되고, 이듬 해 홍문관 정자가 되어 명종의 명을 받아 경복궁대액(景福宮大額)을 썼다. 여러 벼슬을 거쳐 1588년(선조21) 우의정에 올랐고, 이 무렵 동인이 남인·북인으로 갈라지자 북인의 영수로 정권을 장악하였다. 다음 해 좌의정에 이어 영의정이 되었으며, 종계변무(宗系辨誣)[1]의 공으로 광국공신(光國功臣) 3등에 책록되고, 아성부원군(鵝城

---

1) 명나권신 이인임(李仁任)의 후손으로 잘못 기록된 것을 시정하도록 요청한 일을 가리킨다.

府院君)에 책봉되었다. 북인이 다시 분당될 때 이이첨(李爾瞻)·정인홍(鄭仁弘)·홍여순(洪汝諄) 등과 대북파가 되어 영수로서 1599년 재차 영의정에 올랐다. 이듬 해 파직되었다가 1601년 다시 부원군(府院君)이 되었으며, 선조가 죽자 원상(院相)으로 국정을 맡았다.

어려서부터 총명해 신동으로 불렸으며, 특히 문장에 능해 선조조 문장팔가(文章八家)의 한 사람으로 불렸다 한다. 서화도 잘해 큰 글씨와 산수화에 뛰어났으며, 용인의 조광조 묘비(趙光祖墓碑)와 안강의 이언적 묘비(李彦迪墓碑)를 썼다. 시호는 문충(文忠)이다.

※ 이수광(李睟光, 1563-1628)

조선조 인조 때의 문신이자 학자로, 자는 윤경(潤卿), 호는 지봉(芝峯), 본관은 전주(全州)다. 아버지는 병조판서 희검(希儉)이며, 어머니는 문화 유씨(文化柳氏)이다.

1578년(선조11) 초시에 합격하고, 1585년(선조18)승문원 부정자가 되었으며, 1589년 성균관 전적을 거쳐 이듬해 호조좌랑·병조좌랑을 지냈고, 성절사聖節使)의 서장관으로 명나라를 다녀왔다. 1592년 임진왜란이 일어나자 경상도 방어사 조경(趙儆)의 종사관이 되어 종군하였으나, 아군의 패배 소식을 듣고 의주로 돌아가 북도 선유어사(北道宣諭御史)가 되어 함경도 지방의 선부 활동에 공을 세웠다. 1597년 성균관 대사성이 되었고, 여러 벼슬을 역임하였다. 1623년 인조반정이 일어나자 도승지 겸 홍문관 제학으로 임명되고, 대사간·이조참판·공조참판을 역임하였다. 1625년(인 3) 대사헌으로서 왕의 구언(求言)에 응해 열두 조목에 걸친 〈조진무실차자(條陳懋實箚子)〉를 올려 시무를 논하여 당시 가장 뛰어난 소장(疏章)이라는 평가를 받았다. 1628년 7월 이조판서에 임명되었으나 그 해 12월에 세상을 떠났다.

사후 영의정으로 추증되었으며, 수원의 청수서원(淸水書院)에 제향되었다. 시호는 문간(文簡)이다.

▩ 이숭인(李崇仁, 1347-1392)

고려 말기의 학자로, 자는 자안(子安), 호는 도은(陶隱), 본관은 성주(星州)다. 아버지는 원구(元具)이며, 어머니는 언양 김씨(彦陽金氏)이다. 목은(牧隱)이색(李穡), 포은(圃隱)정몽주(鄭夢周)와 함께 고려의 삼은(三隱)으로 일컬어진다.

공민왕 때 문과에 급제하여 숙옹부 승(肅雍府丞)이 되고, 이어서 장흥고사 겸 진덕박사(長興庫使 兼 進德博士)가 되었다. 우왕 때 전리총랑(典理摠郎)이 되어 김구용(金九容)·정도전(鄭道傳) 등과 함께 북원(北元)의 사신을 돌려보낼 것을 청하다가 귀양을 갔다. 귀양에서 돌아와 성균 사성이 되고,

우사의 대부(右司議大夫)로 전임하여 동료와 함께 소를 올려 국가의 시급한 대책을 논하였다. 창왕 때 박천상(朴天祥)·하륜(河崙) 등과 더불어 영흥군(永興君) 환(環)의 진위를 변론하다 무고로 연좌되었고, 헌사(憲司)가 극형에 처하기를 청하자 피해 다니다가 시중 이성계(李成桂)의 도움으로 다시 서연(書筵)에 시강하게 되었다. 그러나 간관 구성우(具成佑)·오사충(吳思忠)·남재(南在)·심인봉(沈仁鳳)·이당(李堂) 등이 상소를 올려 탄핵하여 경산부로 유배되었다. 그 뒤 우봉현(牛峯縣)으로 이배되었다가 청주옥(淸州獄)에 수감되었으나 수재로 인하여 사면되었다. 얼마 뒤 소환되어 지밀직사사·동지춘추관사가 되었으나, 정몽주의 당이라 하여 삭직당하고 멀리 유배되었다. 조선의 개국에 이르러 자기와 함께 처세하지 않은 데 앙심을 품은 정도전이 심복 황거정(黃居正)을 보내 유배지에서 장살(杖殺)하였다.

그는 타고난 자질이 뛰어나고 문사(文辭)가 전아(典雅)하여, 이색(李穡)은 "이 사람의 문장은 중국에서 구할지라도 많이 얻지 못할 것이다."라고 칭찬하였고, 명나라 태조(太祖)도 일찍이 그가 찬한 표문(表文)을 보고 "표의 문사가 참으로 절실하다."라고 평가했으며, 중국의 사대부들도 그 저술을 보고 모두 탄복하였다.

⌘ 이이순(李頤淳, 1754-1832)

조선조 순조 때의 문신으로, 처음의 자는 비언(棐彦), 자는 치양(穉養), 호는 후계(後溪)·만와(晩窩)·긍재(兢齋)· 육우당(六友堂)·육우헌(六友軒)·기은(杞隱), 본관은 진보(眞寶)다. 경상북도 봉화 출신이고, 이황(李滉)의 9세손으로, 구몽(龜蒙)의 아들이며, 어머니는 김택동(金宅東)의 딸이다. 6남 2녀 가운데 차남으로 6형제 중 유일하게 현감 벼슬을 했으며, 형제 중 문장이 가장 뛰어났다.

1779년(정조3) 생원시에 합격했고, 이듬해 태학에 들어갔다. 1786년 만촌(晩村)으로 이사해 그 집을 만와(晩窩)라 하고 제자들을 가르쳤다. 1799년 효릉 참봉에 제수되었고, 1806년(순조6)에는 은진현감이 되어 단옥(斷獄)을 공평히 하고 상벌을 엄격히 하였다. 그러나 죽림서원(竹林書院)의 유생 가운데 군역을 기피하던 많은 양민 장정을 정리하려다가 감영의 힘을 빌어 이를 저지하던 유생들과 충돌을 빚고 이 일로 감영의 뜻을 거슬렀기 때문에 그 해 겨울 부임 9개월 만에 물러났다.

그 뒤 1811년 가을, 후계서당(後溪書堂)을 짓고 독서와 예서에 잠심(潛心)하였다. 음양서와 농공 기술에 두루 통달했으며 절약하는 생활을 하였다. 가문의 대소사를 주장하고 후손에게 규범으로 하고자 〈무첨가(無忝歌)〉를 지었다. 그 밖의 작품으로는 〈화왕전(花王傳)〉과 〈일락정기(一樂亭記)〉가 있다.

※ 이항복(李恒福, 1556-1618)

조선조 광해군 때의 문신으로, 자는 자상(子常), 호는 필운(弼雲)·백사(白沙)·동강(東岡), 본관은 경주(慶州)다. 고려의 대학자 제현(齊賢)의 후손이며, 성무(成茂)의 증손으로, 할아버지는 예신(禮臣)이고, 아버지는 참찬 몽량(夢亮)이며, 어머니는 전주 최씨(全州崔氏)로 결성현감 윤(崙)의 딸이다.

1575년 진사 초시에 오르고 1580년(선조13) 알성 문과에 병과로 급제해 승문원 부정자가 되었다. 1590년 호조참의가 되었고, 정여립(鄭汝立)의 모반사건을 처리한 공로로 평난공신(平難功臣) 3등에 녹훈되었다. 임진왜란 중 병조판서·이조판서, 홍문관과 예문관의 대제학을 겸하는 등 여러 요직을 거치다가 1598년 우의정 겸 영경연사·감춘추관사(監春秋館事)에 올랐다. 이 때 명나라 사신 정응태(丁應泰)가 동료 사신인 경략(經略) 양호를 무고한 사건이 발생하자, 우의정으로 진주변무사(陳奏辨誣使)가 되어 부사(副使) 이정구(李廷龜)와 함께 명나라에 가 소임을 마치고 돌아왔다. 1600년 영의정 겸 영경연·홍문관·예문관·춘추관사, 세자사(世子師)에 임명되고 다음 해 호종1등공신(扈從一等功臣)에 녹훈되었다. 1602년 정인홍(鄭仁弘)·문경호(文景虎) 등이 최영경(崔永慶)을 모함, 살해하려 한 장본인이 성혼(成渾)이라고 발설하자 삼사에서 성혼을 공격하였다. 이에 성혼을 비호하고 나섰다가 정철의 편당으로 몰려 영의정에서 자진사퇴하였다. 1617년(광해군 9) 인목대비 김씨(仁穆大妃金氏)가 서궁(西宮)에 유폐되고, 이어 폐위시켜 평민으로 만들자는 주장에 맞서 싸우다가 1618년에 관작이 삭탈되고 함경도 북청으로 유배되어 그곳에서 세상을 떠났다. 죽은 해에 관작이 회복되고 이 해 8월 고향 포천에 예장되었다. 죽은 뒤 포천과 북청에 사당을 세워 제향했으며, 1659년(효종10)에는 화산서원(花山書院)이라는 사액(賜額)이 내려졌다. 시호는 문충(文忠)이다.

⊠ 이현조(李玄祚, 1654-1710)

조선조 숙종 때의 문신이자 학자로, 자는 계상(啓商), 호는 경연당(景淵堂), 본관은 전주(全州)다. 태종의 후손으로, 아버지는 좌랑 석규(碩揆)이며, 어머니는 여흥민씨로 좌랑 성복(聖復)의 딸이다. 큰아버지 동규(同揆)에게 수학하였다.

1681년(숙종7) 진사시에 합격하고 1682년 증광시에 을과로 급제, 다음해 검열(檢閱)을 거쳐 대교(待敎)에 올랐다. 1684년 구언(求言)에 의하여 허목(許穆)의 관작 복구를 상소하였다가 도리어 파직당하였다. 이듬해 대교로 복직, 1689년 사가독서하여 호당(湖堂)에 들어갔다가 성균관 전적으로 부임한 다음 경상도 도사·경기도 도사를 거쳐 사간원 정언·홍문관 수찬·이조좌랑을 지냈다. 1689년 인현왕후(仁顯王后)의 폐출을 적극 반대하다가 파직되었다. 그 뒤 사인(舍人)·사간·대사간·형조참의를 거쳐 강원감사를 지냈다.

▩ 정범조(丁範祖, 1723-1801)

조선조 정조 때의 문신으로, 자는 법세(法世), 호는 해좌(海左) 본관은 나주(羅州)다. 시한(時翰)의 현손이며, 도항(道恒)의 증손으로, 할아버지는 영신(永愼)이고, 아버지는 유학 지령(志寧)이며, 어머니는 신필양(申弼讓)의 딸이다. 세거지는 원주로 홍이헌(洪而憲)·신성연(申聖淵)·유한우(兪漢遇) 등과 친교가 깊었다.

1759년(영조35) 진사시에 합격한 뒤 성균관유생이 되었다가, 마침 동궁인 사도세자(思悼世子)을 비난하는 유소(儒疏)가 바쳐지자 이에 반대하였다. 1763년 증광 문과에 갑과로 급제해 사직서 직장(社稷署直長)이 되었다가 성균관 전적·병조좌랑을 거쳐 지평이 되었다. 그러나 왕명을 받드는 데 지체했다는 죄로 잠시 갑산으로 유배되었다. 이듬해 이조좌랑에 서용되고 옥구현감을 거쳐 홍문록에 뽑히자, 그 문학의 재주를 평가한 우의정 원인손(元仁孫)의 천거로 수찬이 되었다. 이어 동부승지로 발탁되었으며, 그 뒤 공조참의·풍기군수를 역임하고, 정조 초에 양양부사가 되어 부세를 줄이고 유풍(儒風)을 진작시키는 등 서민 교화에 진력하였다. 그러나 겸관(兼

官)으로 있던 강릉에서 목상(木商)이 소나무를 잠매(潛買)한 사건으로 파직되었다가 이듬해인 1781년 동부승지로 서용되고, 대사간을 거쳐 풍천부사가 되어 사직하였다. 1788년 예조참의로 서용되었으나 부임하지 않았다. 1792년 대사헌에 임명되었으나 나이가 많음을 들어 치사(致仕)를 청했으나 허락되지 않고 예조참판·개성유수·이조참판 등에 차례로 제수되었다. 2년 후 지돈녕부사가 되어 기로사(耆老社)에 들어가면서 형조판서에 승진, 지춘추관사를 겸임하였다. 그 뒤 78세가 되던 정조 말년까지 조정에 머물며 예문관·홍문관의 제학으로서 문사(文詞)의 임무를 맡았다. 1800년 정조가 죽자 정종행장찬술당상(正宗行狀撰述堂上)으로 뽑혀 만장 7율 10수를 지었으며, 이듬해 실록청 찬집당상으로서 《정종실록》 편찬에 참여하였다. 시호는 문헌(文憲)이다.

▧ 정윤목(鄭允穆, 1571-1629)

조선조 광해군 때의 학자로, 자는 목여(穆如), 호는 청풍자(淸風子)·노곡(蘆谷)·죽창거사(竹窗居士), 본관은 청주(淸州)다. 아버지는 서원부원군(西原府院君) 탁(琢)이며, 어머니는 거제반씨(巨濟潘氏)로 충(冲)의 딸이다.

일찍이 가정에서 교육을 받다가 정구(鄭逑)·유성룡(柳成龍)의 문하에서 수학하였다. 15세 전에 경사자집(經史子集)의 많은 서책을 읽었고, 시문에 뛰어나 일가의 체격을 이루었다. 필법이 신묘(神妙)하여 일찍이 이국창(李菊窓)의 당벽(堂壁)에 시 두 구절을 초서로 써 붙였는데, 임진왜란 때 왜적이 그곳에 진(陣)을 치다가 글씨를 보고 경탄하며 뜰에 내려가 절하고 떠났다고 한다. 1589년(선조22)에는 사은사(謝恩使)로 가는 사행(使行)길을 따라 중국에 다녀왔다. 벼슬에 뜻이 없어 두 차례 재랑(齋郎)에 임명되었으나 나가지 않다가 1616년(광해군8) 소촌도 찰방(召村道察訪)에 취임하였으며, 1618년 통훈대부(通訓大夫)에 가자(加資)되었다. 그러나 광해군의 실정에 불만을 품고 사직, 산수를 벗 삼아 시서(詩書)로 세월을 보냈다. 만년에는 용궁(龍宮)의 장야평(長野坪)에 초려(草廬)를 짓고 마을의 자제들을 모아 가르쳤다. 1786년(정조10)부터 도정서원(道正書院)에 제향되었다.

▩ 조경(趙絅, 1586-1669)

조선조 효종 때의 문신으로, 자는 일장(日章), 호는 용주(龍洲)·주봉(柱峯), 본관은 한양(漢陽)이다. 절충장군(折衝將軍) 수곤(壽崑)의 증손으로, 할아버지는 공조좌랑 현(玹)이고, 아버지는 봉사(奉事) 익남(翼男)이다. 어머니는 증좌승지 유개(柳愷)의 딸이다. 윤근수(尹根壽)의 문인이다.

1612년(광해군4) 사마시(司馬試)에 합격했으나 광해군의 난

정(亂政)으로 대과를 단념, 거창에 은거하였다. 1623년 인조반정 후 유일(遺逸)로 천거되어 고창현감·경상도사에 계속하여 임명되었으나 모두 사양하다가 이듬해 형조좌랑·목천현감 등을 지냈다. 1626년(인조4) 정시문과에 장원, 정언·교리·헌납 등 청요직을 거쳐 사가독서(賜暇讀書)했고, 1627년 정묘호란이 일어나 인조가 강화도에 파천하고 조정에서 화전양론이 분분할 때 지평으로 강화론을 주장하는 대신들에 대하여 강경하게 논박하였다. 이어 이조좌랑·이조정랑을 거쳐, 1636년 병자호란이 일어났을 때 사간으로 척화를 주장하였다. 이듬해 집의로 일본에 청병하여 청나라를 공격할 것을 상소했으나 받아들여지지 않았다. 그 뒤 응교(應教)·집의(執義) 등을 역임하고, 1643년 통신부사로 일본에 다녀와서 기행문을 저술하였다. 이어 형조참의·대사간·대제학, 이조·형조의 판서 등을 거쳐, 1650년 청나라가 사문사(査問使)의 척화신에 대한 처벌 요구로 영의정 이경석(李景奭)과 함께 의주 백마산성(白馬山城)에 안치되었다가 이듬해 풀려나와, 1653년 회양부사를 지내고 포천에 은퇴하였다. 그 뒤 노인직(老人職)으로 행부호군에 등용, 1658년 기로소(耆老所)에 들어갔다.

숙종 때 청백리에 녹선되었다. 포천의 용연서원(龍淵書院), 흥해의 곡강서원(曲江書院), 춘천의 문암서원(文巖書院)에 각각 제향되었다. 시호는 문간(文簡)이다.

▩ 조경(趙璥, 1727-1789)

조선조 정조 때의 문신으로, 처음 이름은 준(瓊). 자는 경서(景瑞), 호는 하서(荷棲), 본관은 풍양(豊壤)이다. 중운(仲耘)의 증손으로, 할아버지는 도보(道輔)이고, 아버지는 목사 상기(尙紀)이며, 어머니는 임취(任取)의 딸이다.

1763년(영조39) 증광문과에 을과로 급제한 뒤, 예문관 검열을 거쳐 부제학·대사성을 지낸 뒤 정조가 즉위하면서 공조참판이 되었다. 그 뒤 좌승지·승문원 제조·실록청 당상관·대사헌을 지내고, 함경도 관찰사가 되어 민폐를 없애고 군무를 개혁하는 등 명성을 떨쳤다. 이어 지돈녕부사가 되었다가 형조판서에 올라 지경연사(知經筵事)·홍문관 제학·도총관을 겸하였다. 1786년(정조10) 우의정으로 동지경연사(同知經筵事)를 겸임하면서, 당시 역모사건에 연루되어 강화부에 귀양가 있던 은언군인(恩彦君䄄)의 처벌을 주장하는 상소를 여러 차례 올렸으나 받아들여지지 않자 조정에 나가지 않았다. 이 때문에 한때 파직되었다가 다시 판중추부사로 기용되었다.

효성이 지극하여 고향에 정문이 세워졌다. 시호는 충정(忠定)이다.

▩ 조엄(趙曮, 1719-1777)

조선조 영조 때의 문신으로, 자는 명서(明瑞), 호는 영호(永

湖), 본관은 풍양(豐壤)이다. 중운(仲耘)의 증손으로, 할아버지는 도보(道輔)이고, 아버지는 이조판서 상경(商絅)이다. 어머니는 이정태(李廷泰)의 딸이다.

1738년(영조14) 생원시에 합격, 음보로 내시 교관(內侍敎官)·세자익위사 시직(世子翊衛司侍直)을 지내고, 1752년 정시문과에 을과로 급제, 이듬해 정언이 되었다. 이어 지평·수찬·교리 등을 역임하고 동래부사·충청도 암행어사와 경상도 관찰사를 거쳐 대사헌·부제학·승지·이조참의 등을 지냈다. 1763년(영조39) 통신정사(通信正使)로서 일본에 다녀온 뒤, 대사간·한성부우윤, 예조·공조의 참판 및 공조판서를 차례로 역임하였다. 1776년 정조가 즉위하자 벽파(僻派)인 홍인한(洪麟漢)·정후겸(鄭厚謙) 등과 결탁했다는 홍국영(洪國榮)의 무고를 받아 파직되었다. 평안도 관찰사 재임시의 부정혐의가 새삼 문제가 되어 평안도 위원으로 유배되었다. 이후 아들 진관(鎭寬)의 호소로 죽음을 면하고 김해로 귀양이 옮겨졌으나 실의와 불만 끝에 이듬해 병사하였다.

통신사로 일본에 갔을 때 대마도에서 고구마 종자를 가져오고 그 보장법(保藏法)과 재배법을 아울러 보급하여 구황의 재료로 널리 이용되게 하였다. 제주도에서는 고구마를 조저(趙藷)라고 부르며, 고구마라는 말 자체가 그가 지은 ≪해사일기(海槎日記)≫에서 일본인이 이를 '고귀위마(古貴爲麻)'라고 부른다고 기록한 데서 유래되었다고 한다.

1794년(정조18) 좌의정 김이소(金履素)·평안도 안핵어사(平安道按覈御史) 이상황(李相璜)의 노력으로 신원되고, 1814년(순조14) 좌찬성에 추증되었다. 시호는 문익(文翼)이다.

▩ 조두순(趙斗淳, 1796-1870)

조선조 고종 때의 문신으로, 자는 원칠(元七), 호는 심암(心菴), 본관은 양주(楊州)다. 영극(榮克)의 증손으로, 할아버지는 종철(宗喆)이고, 아버지는 진익(鎭翼)이다. 어머니는 박종악(朴宗岳)의 딸이다.

1826년(순조26) 황감제시(黃柑製試)[2]에 장원으로 뽑히고, 이어 그 해 4월에 열린 정시문과에 병과로 급제, 규장각대교로 선발되었다. 그 뒤 1866년(고종3) 영의정으로 치사(致仕)하기까지 40년 동안을 줄곧 벼슬하면서 순조·헌종·철종·고종을 보필하였다. 흥선대원군(興宣大院君) 집권 초기에 영의정이 되어 1년간 경복궁 재건, 《대전회통(大典會通)》편찬, 삼군부(三軍府) 설치 등의 지휘를 맡았다. 1866년 치사하고 기로소(耆老所)에 들어갔으며, 봉조하(奉朝賀)가 되었다. 시호는 문헌(文獻)이다.

---

2) 매년 제주도에서 진상한 밀감을 임금이 성균관 유생들에게 하사하면서 거행하는 일종의 과거시험이다.

▩ 조위한(趙緯韓, 1567–1649)

조선조 인조 때의 문신으로, 자는 지세(持世), 호는 현곡(玄谷)·서만(西巒)·소옹(素翁), 본관은 한양(漢陽)이다. 참판 방언(邦彦)의 증손으로, 할아버지는 현령 옥(玉)이고, 아버지는 증판서 양정(揚庭)이며, 어머니는 한응성(韓應星)의 딸이다. 유한(維韓)의 아우이며 찬한(纘韓)의 형이다.

1592년(선조25) 임진왜란이 일어났을 때는 김덕령(金德齡)을 따라 종군하였으며, 1601년 사마시를 거쳐 1609년(광해군 1) 증광문과에 갑과로 급제, 주부(主簿)·감찰 등을 지냈다. 1613년 국구(國舅) 김제남(金悌男)의 무옥(誣獄)에 연좌되어 여러 조신들과 함께 구금되었다. 1623년 인조반정으로 다시 등용되어 사성에 제수되었다가, 상의원 정을 거쳐 장령·집의에 제수되고 호당(湖堂)에 뽑혔다. 그 뒤 양양군수가 되었다가 1624년(인 2) 이괄(李适)이 난을 일으키자 토벌에 참여, 서울을 지켰으며, 정묘·병자호란 때에도 출전, 난이 끝난 뒤에 군사를 거두고 돌아왔다. 그 뒤 벼슬길에서 물러나 있다가 다시 등용되었으며, 여러 차례 연석(筵席)에 나가서는 권신들의 실정을 계옥(啓沃)[3]하였다. 그 뒤 동부승지·직제학을 지내고, 벼슬이 공조참판에 이르렀으며, 80세에 자헌대부에 오르

---

3) 신하가 마음에 있는 좋은 의견을 임금에게 아뢰어 도움이 되게 하는 것. 곧 임금에게 충성스런 말을 아뢰는 것을 말한다.

고 지중추부사(知中樞府事)를 지냈다. 글과 글씨에 뛰어났으며 해학(諧謔)에도 능하였다.

▩ 조호익(曺好益, 1545-1609)

조선조 선조 때의 문신이자 학자로, 자는 사우(士友), 호는 지산(芝山), 본관은 창녕(昌寧), 창원 출생이다. 사옹원 정 치우(致虞)의 증손으로, 할아버지는 예조정랑 효연(孝淵)이고, 아버지는 증좌참찬 윤신(允慎)이다. 어머니는 인동 장씨(仁同張氏)로 선략장군(宣略將軍) 중우(仲羽)의 딸이다. 이황(李滉)의 문인이다.

1575년(선조8) 경상도 도사 최황(崔滉)이 부임하여 군적(軍籍)을 정리할 때 그를 검독(檢督)에 임명, 한정(閑丁) 50명을 독납(督納)하게 하였다. 그러나 병을 핑계로 거절하자 토호(土豪)라고 상주(上奏)하여 다음해 평안도 강동현에 유배되었다. 유배지에서 계속 학문에 정진, 많은 후진을 양성하여 관서 지방에 학풍을 진작시켰다. 1592년 임진왜란 때 유성룡(柳成龍)의 청으로 풀려나와 금오랑(金吾郎)에 특별 임명되어 행재소(行在所)가 있는 중화로 달려갔다. 그 뒤 소모관(召募官)이 되어 군민(軍民)을 규합, 중화·상원 등지에서 전공을 세워 녹비(鹿皮)를 하사받았다. 이어 형조정랑·절충장군(折衝將軍)에 승진되고, 1593년 평양싸움에 참가하는 등 전공을 세웠다. 그 뒤 대구부사·성주목사·안주목사·성천부사 등을 역임하고, 1597년 정주목사가 되었으나 병으로 사직하였다. 1604년 선산부사, 1606년 남원부사에 임명되었으나 병으로 나가지 못하였다.

이조판서에 추증되고, 영천(永川)의 지봉서원(芝峰書院)과 도잠서원(道岑書院), 성천의 학령서원(鶴翎書院), 강동의 청계서원(淸溪書院)에 제향되었다. 시호는 정간(貞簡)이었으나, 뒤에 문간(文簡)으로 개시되었다.

▩ 최립(崔岦, 1539-1612)

조선조 선조 때의 문신이자 문인으로, 자는 입지(立之), 호는 간이(簡易)·동고(東皐), 본관은 통천(通川)이며, 아버지는 진사 자양(自陽)이다.

1555년(명종10) 17세의 나이로 진사가 됐고, 1559년(명종14) 식년문과에 장원으로 급제했다. 여러 외직을 지낸 뒤에 1577년(선조10) 주청사(奏請使)의 질정관(質正官)으로 명나라에 다녀왔다. 1581년(선조14)재령군수로 굶주린 백성들을 구제하는 것에 힘써 임금으로 부터 옷감을 받았다. 그 해에 다시 주청사의 질정관이 되어 명나라에 다녀왔다. 1584년(선조17)에 호군(護軍)으로 이문정시(吏文庭試)에 장원을 했다. 1592년(선조25)에 공주목사가 되었으며, 이듬해에 전주부윤을 거쳐 승문원 제조를 지냈다. 그 해에 주청사의 질정관이 되었다. 1594년에 주청부사(奏請副使)가 되어 명나라에 다녀왔다. 그 뒤에 판결사(判決事)가 되었고 1606년(선조39) 동지중추부사가 되었다. 이듬해에 강릉부사를 지내고 형조참판에 이르러 사직했다. 그 뒤로는 평양에 은거했다. 시문에 뛰어나 격찬을 받았고, 글씨에도 뛰어나 송설체(宋雪體)에 일가를 이루었다.

▩ 최항(崔恒, 1409-1474)

조선조 성종 때의 문신이자 학자로, 자는 정보(貞父), 호는 태허정(太虛亭)·동량(幢梁), 본관은 삭녕(朔寧)이다. 충(忠)의 증손으로, 할아버지는 윤문(潤文)이고, 아버지는 증영의정 사유(士柔)이다. 어머니는 오섭충(吳燮忠)의 딸이다. 서거정(徐居正)의 자부(姊夫)다.

1434년(세종16) 알성문과에 장원으로 급제, 집현전 부수찬이 되었다. 박팽년(朴彭年)·신숙주(申叔舟)·성삼문(成三問) 등과 같이 훈민정음 창제에 참여하였다. 1445년 집현전 응교로서 〈용비어천가(龍飛御天歌)〉를 짓는 일에 참여하고, 이어 ≪동국정운(東國正韻)≫·≪훈민정음해례≫ 등을 찬진하였다. 1447년 문과중시에 5등으로 급제, 집현전 직제학 겸 세자우보덕에 임명되었다. 1453년(단종1) 계유정난 때 협찬한 공이 있다 하여 수충위사협찬정난공신(輸忠衛社協贊靖難功臣)

1등에 녹훈되고, 도승지가 되었다. 이 해 12월 이조참판에 임명되고, 영성군(寧城君)에 봉해졌다. 1455년 정난공신 1등의 교서가 내려졌다. 1467년 4월 좌찬성, 5월 우의정, 7월 좌의정, 9월 영의정이 되었다. 1468년(예종 즉위년) 9월 신숙주·한명회(韓明澮)·김국광 등과 함께 원상이 되었다. 1470년(성종1) 부원군에 봉해졌고, 시호는 문정(文靖)이다.

▩ 최경창(崔慶昌, 1539-1583)

조선조 선조 때의 시인으로, 자는 가운(嘉運), 호는 고죽(孤竹), 본관은 해주(海州), 전라도 영암 출생이다. 충(冲)의 18대손이고, 자(滋)의 13대손이며, 아버지는 수인(守仁)이다. 박순(朴淳)의 문인이다.

백광훈(白光勳)·이후백(李後白)과 함께 양응정(梁應鼎)의 문하에서 공부했다. 1568년(선조1)에 증광문과에 을과로 급제하여 북평사(北評事)가 됐다. 예조·병조의 원외랑(員外郎)을 거쳐 1575년(선조8)에 사간원 정언에 올랐다. 1576년(선조9) 영광군수로 좌천됐다. 이때에 뜻밖의 발령에 충격을 받고 사직했다. 다음해에 대동도 찰방(大同道察訪)으로 복직했다. 1582년(선조16) 44세에 선조가 종성부사(鍾城府使)로 특별히 제수했다. 그러나 북평사의 무고한 참소가 있었고 대간에서 갑작스러운 승진을 문제 삼았다. 그래서 선조는 성균관 직강으로 고치도록 명했다. 최경창은 상경 도중에 종성객관에서 죽었다.

학문과 문장에 능하여 이이(李珥)·송익필(宋翼弼)·최립(崔岦) 등과 무이동(武夷洞)에서 서로 시를 주고받았다. 또한 정철(鄭澈)·서익(徐益) 등과 삼청동에서 교류했다. 당시(唐詩)에 뛰어나 백광훈·이달(李達)과 함께 삼당시인(三唐詩人)으로 불렸다. 숙종 때에 청백리에 녹선되고 강진(康津)의 서봉서원(瑞峯書院)에 봉향되었다.

▩ 홍언필(洪彦弼, 1476-1549)

조선조 명종 때의 문신으로, 자는 자미(子美), 호는 묵재(默齋), 본관은 남양(南陽)이다. 동지중추원사 익생(益生)의 증손으로, 할아버지는 수군절도사 귀해(貴海)이고, 아버지는 승지 형(泂)이며, 어머니는 사예(司藝) 조충손(趙衷孫)의 딸이다.

1504년(연산군10) 문과에 급제했으나, 갑자사화에 연루되어 진도로 귀양 갔다가 중종반정 이후 사면되었다. 1507년(중종2) 증광문과에 을과로 급제해 저작을 맡은 다음 부수찬으로 승진하였다. 1534년 우찬성에 올랐으나 당시의 권신 김안로(金安老)와 사이가 멀어져 남양으로 하향하였다. 1537년 김안로가 몰려나자 다시 호조판서로 임용된 뒤 우의정에 올랐다가 곧 좌의정에 이르렀다. 1545년(인종1) 영의정이 되어 영중추부사·영경연사 등을 겸하였다. 명종이 즉위해 문정왕후(文定王后)가 수렴첨정하자 윤원형(尹元衡)이 을사사화를 일으키니, 이에 가담해 추성위사홍제보익공신(推誠衛社弘濟保翼功臣) 1등에 책록되고, 익성부원군(益城府院君)에 봉해졌다.

인종의 묘정에 배향되었으며, 시호는 문희(文僖)다.

▧ 황현(黃玹, 1855-1910)

조선조 말기의 순국지사이자 문인으로, 자는 운경(雲卿), 호는 매천(梅泉), 본관은 장수(長水)다. 전라남도 광양 출신으로, 시묵(時默)의 아들이다. 청년시절에 과거를 보기 위해 서울에 와서 문명이 높던 강위(姜瑋)·이건창(李建昌)·김택영(金澤榮) 등과 깊이 교유하였다.

1883년(고종20) 보거과(保擧科)에 응시했을 때 그가 초시 초장에서 첫째로 뽑혔으나 시험관이 시골 출신이라는 이유로 둘째로 내려놓았다. 조정의 부패를 절감한 그는 회시(會試)·전시(殿試)에 응시하지 않고 관계에 뜻을 잃고 귀향하였다. 1888년 아버지의 명을 어기지 못해 생원 회시(生員會試)에 응시해 장원으로 합격하였다. 당시 나라는 임오군란과 갑신정변을 겪은 뒤 청국의 적극적인 간섭정책 아래에서 수구파 정권의 부정부패가 극심했으므로 부패한 관료계와 결별을 선언, 다시 귀향하였다. 구례에서 작은 서재를 마련해 3,000여권의 서책을 쌓아 놓고 독서와 함께 시문(詩文) 짓기와 역사 연구·경세학 공부에 열중하였다.

1894년 동학농민운동, 갑오경장, 청일전쟁이 연이어 일어나자 급박한 위기감을 느끼고, 후손들에게 남겨주기 위해 ≪매천야록(梅泉野錄)≫·≪오하기문(梧下記聞)≫을 지어 경험 하거나 견문한 바를 기록해 놓았다. 1905년 11월 일제가 을사조약을 강제체결하자 통분을 금하지 못하고, 당시 중국에 있는 김택영과 함께 국권회복운동을 하기 위해 망명을 시도하다가 실패하였다. 1910년 8월 일제에 의해 강제로 나라를 빼앗기자 통분해 절명시 4수를 남기고 다량의 아편을 먹고 자결하였다. 1962년 건국훈장 독립장이 추서되었다.

작가 색인

【ㅈ】

【ㅊ】

【ㅎ】

김동욱

성균관대학교 국어국문학과 졸업
한국정신문화연구원 한국학대학원 문학석사
성균관대학교 대학원 문학박사
현재 상명대학교 한국어문학과 교수

저서

《고려후기 사대부문학의 연구》, 《고려사대부 작가론》
《따져가며 읽어보는 우리 옛이야기》, 《실용한자·한문》
《대학생을 위한 한자·한문》, 《중세기 한·중 지식소통연구》

역서

《완역 천예록》(공역), 《국역 동패락송》(천리대본),
《국역 기문총화》(연세대 4책본)1-5, 《국역 수촌만록》
《옛 문인들의 붓끝에 오르내린 고려시》1·2, 《국역 청야담수》1-3
《국역 현호쇄담》, 《국역 동상기찬》, 《국역 학산한언》1·2
《국토산하의 시정》, 《새벽 강가에 해오라기 우는소리》상·중·하
《교역 태평광기언해》(멱남본)1-5, 《국역 실사총담》1·2
《교역 오백년기담》(장서각본), 《국역 동패락송》1·2(동양문고본)
《교역 언해본 동패락송》
《천애의 나그네》(백사 이항복의 중국 사행시집)
《붉은 연꽃 건져 올리니 옷에 스미는 향내》

이별의 정표로 남겨 둔 의복

2014년 2월 3일 초판 1쇄 펴냄

옮긴이 김동욱
펴낸이 이은경
펴낸곳 도서출판 이회

책임편집 이유나
표지디자인 윤인희

등록 2001년 9월 21일 제307-2006-55호
주소 서울특별시 성북구 보문동7가 11번지 1층
전화 922-4884(편집), 922-2246(영업)
팩스 922-6990
메일 kanapub3@naver.com
http://www.bogosabooks.co.kr

ISBN 978-89-8107-525-5 93810

정가 13,000원